D1573642

AMANDA BECKER

WEIHNACHTS-ZAUBER IM *Schneegestöber*

KURZROMAN

© 2023 Amanda Becker

c/o MILLENNIUM Partners GmbH
Lachnerstr. 33a, 80639 München
Kontakt: kontakt@amandabecker-autorin.de
Website: www.amandabecker-autorin.de

Cover-Gestaltung: Daniela Szegedi, www.senestrey.de
unter Verwendung von Motiven von: Brusheezy.com und Depositphotos.com (HASLOO, Yakov_Oskanov, man64, CreativeNature, PantherMediaSeller)und den Schriften *Almost There Script* und *America* von Zane Studio, fontbundles.net, *Avenir* von Adrian Frutiger und Akira Kobayashi, Linotype GmbH
Lektorat: Daniela Szegedi
Korrektorat: Tino Falke, www.tinofalke.de/lektorat
Buchsatz: Jens Bürger
unter Verwendung von Motiven von: www.Pixabay.com (Mohamed_Hassan)

ISBN: 979-8-864-45005-5
Imprint: Independently published

Die Handlungen und die Figuren sind frei erfunden. Ähnlichkeiten zu lebenden oder bereits verstorbenen Personen sind rein zufällig und nicht beabsichtigt.

Content, Erklärungen, Danksagung siehe letzte Seite

für meinen Fels in der Brandung

*weil du an mich glaubst
wenn ich zweifle
mich unterstützt
damit ich fliegen kann*

PROLOG

Baarhoog

Die Touristen auf der Fähre standen voller Erstaunen an Deck.

Das passierte so gut wie immer, kaum ragte am Horizont die Insel aus der Nordsee, wie hingezaubert. Sie starrten darauf, um sicherzugehen, sie würde nicht wieder im Meer verschwinden.

Die meisten stießen begeisterte Schreie aus, wenn sich die Wellen tosend am Felsen brachen, die neunundsiebzig Meter hohe Wand aus Naturstein stolz den Gezeitengewalten trotzte.

Nahte ein Gewitter und schob der Insel mit eisigem Wind schwarze Wolken entgegen, schwiegen die Betrachter ehrfürchtig. Da wirkte das perlenweiße Eiland mit seinen grünen Hügeln, kleinen spitzen Felsen und den Dünen wie eine Meeresgöttin, die sich eigenwillig einem Ungeheuer widersetzte.

An solch einem Tag, an dem die Sonne zwischen den über Baarhoog aufgetürmten watteweichen Wolken hervorlugte, den Himmel in ein goldenes Blassblau malte, wirkte sie dagegen wie eine anmutige Dame, die zum Tee einlud. Edel, in ihrem weichen, silberglitzernden Gewand.

Diese Erscheinung der *weißen Dame,* wie sie im Volksmund heißt, glich einer zarten Tänzerin im diamantenbesetzten Kleid. Von Scheinwerfern zum Strahlen gebracht. In aparter Pose für einen Moment der Ewigkeit erstarrt. Die Anstrengung dieses Kraftaufwands hinter Eleganz versteckt.

Manche beschrieben den Sandsteinfelsen schlicht als Weiß und andere als helles Grau. Wieder andere sahen so viel mehr. Von dem blassen pastellgelben Unterton bis zum silbrigen Grün konnte man sämtliche Farben der Palette ausmachen, wenn einer sich die Mühe machte.

Rückte die Fähre näher an den Inselhafen, der geschützt zwischen der hohen Felswand im Süden und der flacheren Nordseite lag, nahm man den unverkennbaren Duft der Insel wahr.

Diese Mischung aus Meersalz und Menthol mit einem Hauch Waldmeister, den die inseltypische Kiefer verströmte, war überall allgegenwärtig. Das Aroma verstärkte sich, trat man nah an einen Baum heran. Bei einem Besuch auf der Kiefernfarm *Föhrbusken* vervielfältigte sich der Duft. Dort hatte man nicht nur das Gefühl, in einem Märchenwald zu spazieren, sondern Mentholbonbons zu lutschen, während diese einem gleichzeitig in sämtlichen Gesichtsöffnungen steckten.

Je nachdem wie stark man darauf reagierte, tränten einem die Augen und die Nase lief unaufhörlich.

Nicht so am Hafen. Dort lag der Mentholgeruch nur als leichter Hauch in der Luft. Der Wind zeigte sich hier von seiner sanftesten Seite. Wiegte die Schiffe beruhigend auf und nieder. Ließ einen vergessen, dass der Rest der *weißen Dame* durchaus rau und widerspenstig sein konnte.

In der Hafenbucht überwog die wundersame Anmut der Insel, umgeben von dunkelgrauem Meer. Wie ein Schleier schwebten zarte Schneeflocken umher. Und hatte die Sonne Freude, sich zu zeigen, ließ sie Baarhoog in weihnachtlichem Glanz schimmern.

So wie an diesem 21. Dezember.

KAPITEL 1

Lea

Tränen, vom Wind getrieben, liefen Leas Wangen hinab. Hinterließen eine warme Spur auf ihrem eingefrorenen Gesicht. Eisige Luft fegte ihr unaufhaltsam entgegen, so heftig, es erschwerte die Sicht. Die war sowieso unnötig, wusste sie doch, wohin die Fähre sie brachte.

Der Wind zerrte an ihrem Haar wie dieser eine wütende Liebhaber, den sie nach ein paar Wochen Leidenschaft wieder vor die Tür gesetzt hatte. Ihre schwarzen Locken waren ihr um einiges wichtiger als der Kerl. Das Lächeln der Erinnerung an diese ungestüme Zeit wurde ihr im nächsten Moment gnadenlos vom Gesicht gewischt, eine weitere Böe peitschte ihr besagte Locken in die Augen. Dennoch wandte Lea den Blick nicht von ihrem Ziel ab.

Das tat sie nie.

Der Insel wie einem Fixpunkt zugewandt, stand sie vorne am Bug und trotzte der Brise. Das gehörte ebenso zu ihrem Heimkehrritual, wie sich die Handschuhe und die Mütze auszuziehen, sobald sie auf der Fähre stand. Nichts durfte zwischen ihr und dem heimischen Wind liegen.

Obwohl ihre Finger daraufhin steif waren, sich krümmten wie die Klauen einer Möwe um die ergatterte Beute, klammerte sie sie an die Reling, als wäre es ihr letzter Halt. Dabei war das Wasser trotz des Windes ruhig, erinnerte mehr an einen lauschigen See statt an das wütend tosende Meer des Winters.

Lea spürte die wippende Bewegung bis in die bunt gefärbten Haarspitzen. Gedankenverloren leckte sie sich über die Lippen, auf denen sich das Salz des Meeres mit dem ihrer Tränen vermischte. Warm und kalt.

Wie der letzte Kuss von Flo.

Hitze rieselte wie knisterndes Brausepulver durch ihre Venen. Auf jeden Fall mit dem Geschmack von Himbeere, wenn sie an Flo dachte.

Drei Monate auf dem Festland hatten den Kontakt einschlafen lassen. Lea hielt nichts davon, die Magie eines Augenblicks künstlich in die Länge zu ziehen. Schon mit Anfang zwanzig hatte sie sich das Bestreben abgewöhnt, an erstarrten Momenten festzuhalten. Stattdessen gab sie sich ihnen mit allen Sinnen hin. Immer wieder und gerne täglich anders. Obwohl ihr klar war, dass nicht alle so dachten.

Die Worte *egoistisch* und *unberechenbar* nagten an Lea, wie das Meer an dem Fels der Insel.

Sie sah das anders. So lange sie dauerten, genoss sie Bindungen. Wie die an diesen Ort und an die Menschen, die sie liebte. Flo. Wenn ihr danach war, kehrte sie zurück. Es tat gut zu wissen, dass sie da waren, ihr Halt gaben, sich niemals änderten. Beständigkeit. Hier wusste sie, was sie zu erwarten hatte, wie es sich entwickeln würde. Wie die Zukunft aussah. Zumindest die der anderen.

Lea gestand sich schmunzelnd ein, dass sie ein genaues Bild vor Augen hatte, wenn es um Roya ging, ihrer sieben Jahre jüngeren Schwester.

Wo steckte sie überhaupt?

Seit Roya alt genug war, allein herumzustreunern, hatte sie es sich zur Aufgabe gemacht, Lea zum Hafen zu bringen und bei ihrer Rückkehr auf sie zu warten. Eine weitere Konstante. Sie kam nie zu spät, stand an der Anlegestelle, wenn andere noch zu Hause in ihrer warmen Stube saßen. Spätestens wenn man Roya am Hafen stehen sah, wussten alle Inselbewohner und die Touristen, die seit Jahren die Insel besuchten, dass Lea zurückkehrte. Was ihr durchaus gefiel und ihr in einer gewissen Weise zustand, wie sie fand.

Leas Augen schweiften über die wenigen Wartenden am Hafen, auch das war mehr ein Ritual als eine echte Suche nach der Schwester, denn Roya übersah man nicht so leicht. In keiner noch so großen Menschenmasse ging sie unter. Obwohl sie immer am Rand der Leute stand, sich nie in den Vordergrund drängte und sie bei dem beißenden Wind fast nur aus dicker Kleidung bestand, fiel sie durch ihr außergewöhnliches Haar sofort ins Auge. Selbst denen, die gar nicht nach ihr suchten oder sie beachten wollten.

Als Lea die Schwester sah, blubberte ein Kichern in ihrer Brust, welches sie als freudiges Lachen in die Welt hinausließ. Sie hielt nichts davon, Gefühle zu unterdrücken oder sich gar für sie zu schämen. Ob sich jemand über sie wunderte, war ihr egal. Zumindest bisher.

Die Fähre legte an und die Freude, ihre Familie wiederzusehen, verdrängte jeden aufkeimenden trüben Gedanken. Es würde sich alles ergeben. Auch das mit Flo. Irgendwie. Das tat es immer.

Jetzt war sie erst mal wieder da.

Strahlend ließ sie sich von dem *Zuhause* umarmen.

KAPITEL 2

Jackson

An dem Tag, an dem Jackson das erste Mal vom Festland zur Insel gekommen war, hatte er sich bemüht, *Baarhoogs* Farbenspiel auf seinem Malblock zu fixieren.

Mit seinen knapp vier Jahren war er an dieser Aufgabe aber kläglich gescheitert.

Genau wie die Dutzenden Male, die er es später mit der alten Polaroidkamera probierte, die er auf dem Dachboden gefunden hatte und heimlich benutzte, sobald sich ihm die Gelegenheit bot. Als Teenager machte er es sich zur Aufgabe, die flüchtige Magie zu konservieren, die die Insel ausstrahlte. Verbissen nahm er Tausende Fotos auf. Auch, um seinem Vater etwas näher zu kommen, mit dem ihn nur der Name und die Liebe zur Fotografie verband.

Den Hafen, die Klippen, die große, mehlfarbene Düne, die so weiß war wie das Sahnewölkchen in Tante Karins Kaffee. Er knipste alles, was die Insel zu bieten hatte.

»Jeden beschissenen Sandhaufen«, wie seine Tante stets bissig bemerkte.

Mittlerweile 24 Jahre alt, fotografierte Jackson nicht nur Sandhaufen. Bändigte in seinem Beruf viel Schönes und Unglaubliches, leider ebenso Hässliches mit seiner Kamera. Und trotzdem faszinierten ihn die unwirklichen Stimmungen immer wieder aufs Neue, die über Baarhoog herrschten.

Daher verstand er die Touristen, die mit ihm auf der Fähre fuhren, nur zu gut. Aus jedem noch so bizarren Blickwinkel zu versuchen, wenigstens einen Hauch dieser Schönheit mit ihren Smartphones und Kameras festzuhalten.

Seine eigene räumte er weg, als die Fähre sich dem Hafen näherte. Hatte er sie doch lang genug wie einen Schutzschild gehalten, um nicht an das zu denken, was vor ihm lag.

Er war zu Hause. Nichts war weltbewegender.

Tief atmete er die frostige Luft ein, die eine kratzende Kälte in seiner Lunge hinterließ. Gänsehaut breitete sich auf und unter seiner Haut aus. Zum einen wegen der eisigen Seeluft, die träge nach Menthol roch, zum anderen, da er fürchtete, wie es zwischen ihnen sein könnte. *Weil er wusste, wie es zwischen ihnen sein würde.*

Eine tiefe Ahnung, *sie* heute am Hafen zu sehen, hatte ihn ergriffen, lang bevor er ihre Schwester Lea auf der Fähre erspäht hatte.

Die stand wie eine Galionsfigur am Bug. Den Kopf in den Nacken gelegt, sah sie die Felswand hinauf, die glitzernd über ihnen aufragte. Grundsätzlich fasziniert von der Heimkehr, lag ein breites Grinsen auf ihrem Gesicht.

Jackson zog sich zum Heck zurück. So konnte er Lea entgehen und *ihren* Anblick am längsten genießen, wenn die Fähre in den Hafen tuckerte. Denn sie würde da sein. Sie war immer da, sobald ihre Schwester heimkehrte.

Kaum zu Ende gedacht, forderte sie bereits seine Aufmerksamkeit. Jackson spürte dieses Ziehen in seiner Brust. Lang atmete er mit offenem Mund aus.

Roya.

Ihr Haar, dieses dunkle Rot, wirbelte um ihre Schultern; widerspenstig in zackigen Wellen um ihr schmales, blasses Gesicht, das selbst im Sommer nur Farbe durch vereinzelte Sommersprossen annahm. Wie er erkannte, hatte sie gar nicht erst versucht, es zu bändigen, und nur die Wollmütze tief in die Stirn gezogen.

Als die Sonne durch die dicken Wolken lugte und sich auf Roya legte, erinnerte ihn die Farbe ihres Haares an das Glas

Black Cherry Whisky, den er vor Kurzem getrunken hatte. Und wie es im Licht des Kaminfeuers schimmerte.

Royas Mienenspiel faszinierte ihn, nachdem sie die Schwester sah. Es war, als ob die Sonne noch einmal durch die dicken Wolken brach. Das zauberhafteste Lächeln breitete sich auf ihrem Gesicht aus, flog der Fähre entgegen. Jacksons Herz hob sich, fühlte sich einen Moment leicht an, obwohl dieses Leuchten nicht ihm galt. *Nicht mehr.*

Er beobachtete, wie die Schwestern sich ihrem Charakter entsprechend zuwinkten. Roya verhalten, Lea mit überschwänglichen Gesten, damit jeder an ihrer Freude teilhaben konnte. Sie wedelte mit beiden Armen wie in Seenot geraten. Sie sprang auf und ab wie ein kraftvoll auf den Boden prallender Flummi. Dabei brüllte sie: »Roya, Roya! Hier!«

Kaum den Anlegeplatz erreicht, warf Lea sich ihre Taschen mit einer Wucht über die Schultern, die ihre zarte Schwester umgeworfen hätte. Da war Jackson sich absolut sicher.

Immer zwei Stufen auf einmal nehmend, sprang Lea die Treppe vom Deck hinunter, wobei es an ein Wunder grenzte, dass sie sich nicht der Länge nach hinlegte. Leichter Schneefall machte den Boden glitschig und nur das grobe Profil ihrer Boots verhinderte einen Unfall.

Kaum hatte die Fähre die Gangway ausgefahren, da schob Lea die anderen Fahrgäste zur Seite, um zuallererst die Insel zu betreten.

»Entschuldigung, Entschuldigung!« Sie stürzte ihrer Schwester entgegen und ließ dabei auf ihrem Weg ihre Taschen plumpsen, ungeachtet, dass jemand darüber fallen könnte.

Ein Stich durchfuhr Jacksons Brust, als er Roya vor Freude lachen hörte. Und ein weiteres Mal, als Lea ihre Schwester in die Arme riss, so wie er es gern getan hätte. Lea hob Roya hoch und schwang sie hin und her, wie ein Kind, das sie schon lange nicht mehr war. Zumindest nicht für ihn.

Er verließ die Fähre erst, nachdem Roya komplett in der Umarmung ihrer Schwester versunken war. Sie maß fast 20 Zentimeter weniger als Lea und war so zierlich, dass er befürchtete, diese überaus dramatische Zurschaustellung der Wiedersehensfreude würde sie zerbrechen.

Doch so fragil war sie nicht.

Sie war sanft, mit einer natürlichen Anmut und war zart gebaut, doch trotzte sie den Gezeiten eigensinnig wie die Insel.

Jackson huschte über die Gangway, um ihr zu entgehen. Und doch flog ihm ihre Wärme entgegen. Fühlte, wie sie ihn ansah. Selbst wenn er gewollt hätte, könnte er sich ihr nicht entziehen. Der Drang, sie anzusehen, war stärker als alle Vorbehalte, jedes schlechte Gewissen. Als die Pläne, die er für diesen Anlass geschmiedet hatte.

Sie hob die Hand zum Gruß. Ein Schatten des Schmerzes lag über ihren Zügen, der einem zärtlichen Ausdruck auf ihrem schönen Gesicht Platz machte.

Wie hatte er das nur verdient?

Es verschlug ihm den Atem. Ohne es zu merken, durchbohrte ihr rauchgrauer Blick seine Seele. Spießte sie auf.

Er schaffte nicht mehr als einen knappen Gruß, bevor er das Gesicht abwandte. Trotz der Ahnung, sie an diesem Tag zu sehen, erschütterte es ihn. *Sie* erschütterte ihn. Kroch ihm unter die Haut, nistete sich von Neuem in sein Herz.

Ihr sanftes Lachen begleitete seine nächsten Schritte. Es quälte ihn. Also sah er zurück.

Lea wühlte im Haar der Schwester. Ließ es hinunterfallen wie dunkelrotes Herbstlaub, wirbelnd im Wind. Ihr fiel nicht auf, wie unangenehm es Roya war, von jedem angesehen zu werden.

Er verübelte es den Leuten nicht. Sie war wunderschön. Selbst nahm sie ihre Schönheit aber weder wahr noch ernst. Was sie für ihn umso liebenswerter machte.

Jackson drehte sich um, stapfte weiter Richtung Rampe, die die Leute vom Anleger hinauf auf das *Hochland* brachte. Versuchte, standhaft zu bleiben, an seinem Plan festzuhalten.

Und versagte auf ganzer Linie. Wieder einmal.

Er spähte über die Schulter. Roya folgte ihrer Schwester langsam, vielleicht um ihm nicht in die Arme zu laufen. Das würde er verstehen, hatte er doch das Wiedersehen zu einer Farce werden lassen. *Alles*, verbesserte er sich.

Er kannte Roya, wusste, dass sie verletzt war und deshalb auf Abstand blieb. Sie straffte die Schultern und reckte das Kinn, was ihr einen kämpferischen Ausdruck verlieh. Auf ihren delikaten Zügen wirkte der immer fehl am Platz. Zu gern hätte er ihr die Härte aus dem Gesicht gestreichelt.

Das übernahm der Wind.

In einem weichen Tanz schwebte ihr Haar um den Kopf. Die Brise nahm es zu beiden Seiten hoch, ließ es wie Flügel aussehen.

In diesem Moment erinnerte Roya ihn an einen Sturmtaucher, der seine Schwingen ausbreitet, kurz bevor er sich in den Wind wirft, und dann sanft im Aufwind um Steilklippen herumgleitet.

KAPITEL 3

Roya

Royas Lächeln breitete sich aus, je näher sie Lea auf sich zustürmen sah. Wippende Locken umrahmten das Gesicht der Schwester wie eine dunkle Wolke. Regenbogenfarbene Spitzen hüpften in alle Richtungen, sodass Roya sie mit Kindern verglich, die aufgeregt herumsprangen. Es war immer wieder herrlich, wenn sie ihr entgegensprintete, als sei sie ihr die liebste Person weit und breit.

Obwohl diese Zurschaustellung der Wiedersehensfreude Roya unangenehm war, da es die Blicke der anderen Ankömmlinge auf sie zog, genoss sie es, so herzlich umarmt zu werden.

Die Wucht, mit der sie in die Arme gerissen wurde, erinnerte sie an den Herbststurm, der vor einigen Wochen auf der Insel gewütet hatte. Den sie ein wenig fürchtete und trotzdem liebte. Die Intensität, mit der er über Baarhoog fegte, das Meer aufpeitschte und die Bäume umherbog, als wären sie aus Gummi, faszinierte sie. Wie er durch die Ritzen am Fenster ins Haus kroch, das Holz knarzen ließ, sich leise pfeifend zu erkennen gab.

Als Kind war sie den Geräuschen gefolgt. Wie einem Freund, der verstecken spielte. Der ihr zeigte, dass da mehr war, nicht nur das Offensichtliche.

Allerdings würde sie nicht mal in ihren kühnsten Träumen auf die Idee kommen, bei einem Herbststurm die 327 Felsstufen auf der Westseite der Insel zu der Badebucht hinabzusteigen und sich in die Wellen zu schmeißen, wie einige ihrer Freunde. Wie *er* es getan hätte, wenn er hier wäre.

Fast ebenso gewaltig, wie der Sturm sich gegen die Hauswände gedrückt hatte, presste Lea sie an sich. Wirbelte sie so heftig herum, dass Roya sich mitreißen lassen musste. Wie ein Tau aus Stahl packten sie die schwesterlichen Arme und quetschten ihr die Luft aus der Lunge.

Freude explodierte in ihrer Brust und sprudelte durch ihren Körper wie diese knisternden Badebomben, die ihre Mutter so liebte.

Ach, hatte sie ihre Schwester vermisst!

Lea schwang Roya in einem schnellen Rhythmus hin und her, dass ihr fast schwindelig wurde. Beide kicherten wie kleine Mädchen.

Roya wühlte ihr Gesicht aus der Fülle von Jacke, Schal und dem exotischen Parfum ihrer Schwester, das sie benommen machte. Luft schnappend tauchte sie wieder auf und drückte die Nase an Leas seidenweiche schulterlangen Locken, die immer wunderbar nach Sommerurlaub dufteten.

In der Aura des Sommers, die ihre Schwester stets umgab, und völlig mit der Freude über ihre Rückkehr beschäftigt, setzte in ihrem Nacken ein verräterisches Prickeln ein. Ein warmes Kitzeln breitete sich in ihrem Magen aus und bevor sie ihren Blick über Leas Schulter hob, wusste sie, wen sie zu Gesicht bekommen würde. Zielstrebig glitten ihre Augen zu einem der letzten Fahrgäste, der die Gangway überquerte. Der junge Mann drehte sich so ruckartig zu ihnen um, als hätte Roya seinen Namen laut gerufen, statt nur gedacht.

Jackson Köster.

Sie wandte den Blick nicht ab, sondern hob automatisch die Hand zum Gruß und wünschte im selben Moment, sie hätte es nicht getan. Nicht weil sie dicke selbst gestrickte Fäustlinge trug, sondern da sie zur Antwort nur ein Heben des Kinns bekam. Jegliche weitere Begrüßung schien der Anstrengung nicht wert. Roya kniff die Lippen zusammen. Ein Jahr Abwesenheit war zu lang, um einer lebenslangen Freundin so reduziert zu begegnen, fand sie.

Bevor er sich wegdrehte, gönnte er ihr dieses knieerweichende Schmunzeln. Doch das half nichts, weil es nämlich sowieso nur absolut nervte. Dieses Schmunzeln. Vor allem, da es ihr die Röte ins Gesicht trieb, die sie scheinbar nur für ihn produzierte.

Obwohl sie ein blasser Rotschopf war, lief sie normalerweise nie rot an. Ob sie etwas angestellt hatte oder beim Flunkern ertappt worden war, stets behielt sie ihren schneeblassen Teint bei. Es sei denn, irgendjemand erwähnte *ihn* auch nur beiläufig. Manchmal reichten die ersten Buchstaben seines Namens, um sie aus der Fassung zu bringen und aus dem Zimmer zu treiben. Vor allem, seitdem er letztes Weihnachten abrupt abgereist war, nachdem sie ... Nichts. Nein, es war nichts passiert.

»He, Kleene, endlich bin ich wieder da!«, brüllte ihr Lea das Offensichtliche ins Ohr.

Trotz der eisigen Kälte in Royas Innerem, empfand sie Leas Wärme. »Ich krieg keine Luft mehr.«

Lachend gab Lea sie frei und Roya betrachtete die Schwester eingehend. Die kleinen Schneeflocken, die umherschwirrten, legten sich für den Bruchteil einer Sekunde in Form winziger Eiskristalle auf ihr buntes Haar.

»Endlich bin ich wieder da! Hast du mich vermisst, Sister? Sicher hast du das! Was hast du nur ohne mich gemacht? Bestimmt wieder viel zu viel gearbeitet und Zukunftspläne geschmiedet. Hahaha! Die Überfahrt war wie immer, obwohl ich bis kurz vor der Abfahrt geschuftet habe. Also gestern. Im Solarium haben sie Verständnis, das ich zu den Proben musste, die darf man ja nicht ausfallen lassen, auch wenn man nur die Zweitbesetzung ist. Ha! Sobald ich auf der Fähre stand, habe ich das Handy ausgemacht.«

Aus Lea sprudelten die Worte nur so heraus. Sie wirkte wie einer der Wasserfälle, die sich nach einem heftigen Regen von den Klippen der Insel ins Meer stürzten. Sie erzählte von ihrer letzten Schicht im Sonnenstudio, während sie sich zurücklehnte und Roya betrachtete.

»Du hast dich nicht verändert«, bemerkte sie anschließend.

Roya war ein wenig ernüchtert, dass ihre Schwester weder ihre gefärbten Wangen wahrnahm noch den enttäuschten Ausdruck, der ihr mit Sicherheit im Gesicht klebte.

»Oh, wie zauberhaft die Flocken in dein Haar kriechen!«

Mit diesen Worten schob Lea ihre Hände unter Royas Mähne, hob sie zu den Seiten hoch und ließ sie dann wieder fallen.

Diesen Vorgang wiederholte sie bei jedem Wiedersehen je nach Laune ein- bis fünfzehnmal. Eines der Lea-typischen Rituale, an die sich Roya trotz der unzähligen Male nicht gewöhnte, da es immer die Blicke der Umstehenden anzog. Um diese auszublenden, schloss sie die Augen.

In schwesterlicher Zuneigung kreierte Lea zwar stets neue Wörter, um die Farbe und Beschaffenheit von Royas Haaren zu beschreiben, doch diese war sich sicher, dass sie vor allem einem Flokati ähnelte. Dem grob gewebten, zotteligen Flokati in ihrer Leseecke, der immer in die ursprüngliche Form zurücksprang, egal wie ewig sie auf ihm lag.

Selbst stundenlange Versuche, aus ihrem weichen, doch störrischen Haar eine Frisur zu zaubern, die länger als eine Stunde hielt, scheiterten gnadenlos. Eigenmächtig drückten sie sich zurück in die Ausgangsposition, gleich dem uralten Teppich.

In der ersten Klasse hatte ihr die Beschaffenheit ihres Haares den Namen *Wischmopp* eingehandelt, nachdem sie versucht hatte, mit der Schere die Menge an Haar zur Vernunft zu bringen. Ihre Mitschüler hatten gnadenlos über sie hergezogen. Doch da Roya mit ihnen gleicher Meinung war, hatten sie schnell das Interesse verloren, sie so zu bezeichnen. Es hatte keinerlei Bedeutung für Roya, da sie ihrer Meinung nach recht hatten.

Im Gegensatz zu den Wörtern, mit denen Jackson sie bedachte, seitdem sie sich kannten.

Shortcake (da sie angeblich aussah wie diese Comicfigur, was überhaupt nicht stimmte), *Chimney* (weil sie manchmal glühte wie ein Kamin, was durchaus möglich war), *Shortbread* (sie hatte immer eins in der Tasche). Bis zum letzten Jahr erbettelte Jackson sich ein Stück besagter Leckerei bei ihr, oft begleitet von der Aussage: »Es ist immer gut, Shortbread in der Nähe zu haben.«

Dabei klang seine Stimme samtweich. Oder er schenkte ihr ein seltenes Lächeln, was das Ganze wie eine liebenswürdige Neckerei statt einer Verarschung klingen ließ. Dennoch war *Cherry* ihr der liebste Spitzname. In ihrer kindischen Schwärmerei bildete sie sich ein, er meinte *Chéri*, obwohl man das anders aussprach.

Cherry nannte er sie nicht nur wegen der Haare, sondern auch, weil ihr in einem lang vergangenen Sommer einmal schlecht geworden war, nachdem sie Unmengen an Kirschen verdrückt hatte. Bemüht versuchte Roya, die Bilder aus ihrem Kopf zu verdrängen, die der Übelkeit damals folgten. Sie wäre gerne in einem Erdloch versunken und nie mehr aufgetaucht. Schließlich hatte sie dem tollsten Jungen der Insel die teuren Schuhe vollgespuckt. Die anderen Kinder der Schule hatten sie K-Kotz-Kirsche getauft und ihr den Namen hinterhergerufen, begleitet mit Würgegeräuschen.

Nur Jackson hatte sie *Cherry* genannt. Und zwar in diesem Ton, der sie glauben ließ, sie sei die mit Schokosoße garnierte Kirsche auf einem Stück Sahnetorte.

An diesem einen Abend letztes Jahr, da hatte er sie auch so genannt. Während seine Finger langsam über die Spitzen ihrer Haare strichen. Auf der Höhe ihrer Taille. Was den Schwarm Schmetterlinge aufschreckte, der da hauste, seitdem Jackson ihr das erste Mal dieses Schmunzeln geschenkt hatte.

Diese Viecher schwärmten aus, kitzelten ihren Bauch, schickten ein Kribbeln quer durch ihren Körper. Hoben ihr Herz an und ließen es in unkontrolliertem Rhythmus gegen ihre Rippen klopfen. Wie ein hüpfender Ball, den man nach einem Schlag plötzlich nicht mehr beachtet. *Triptriptrip.*

Jackson hatte so nah vor ihr gestanden, dass sie zum ersten Mal die kleine weiße Narbe sah, die sich sonst in den feinen Fältchen neben seinem linken Auge versteckte. Sein Atem, der nach Karamellplätzchen duftete, strich über ihre Wange. Trotz ihres dicken Pullis hatte Roya seine Hitze auf ihrer Haut gespürt. Wie eine Berührung. Leicht wie ein Windhauch, der über Dünengras strich.

Jacksons tiefgrüner Blick hatte sich in ihre Augen gebohrt, seine Stimme klang erstaunlich rau, jagte ihr Schauer über den Rücken. Alles drum herum hatte darauf hingedeutet, dass er sie jeden Moment küssen würde.

Tja, falsch gedacht.

Inzwischen wusste Roya es besser. Es hatte keinerlei Bedeutung für Jackson. Es war eine Art freundschaftliches Tätscheln. So wie bei einem braven Hund, der einem seit dreizehn Jahren hinterherlief. Der für seine Treue ab und zu ein kleines Leckerli bekam. Eine Anerkennung nebenbei. Keine Bekundung seiner Gefühle zeigte sich in dieser unbedachten Geste, den Namen, mit denen er sie aufzog. Aufgezogen *hatte.*

Damals. Vergangenheit.

Am Ende war es schlicht seine Art, Abschied zu nehmen. Von einer Freundin seiner Kindheit.

Dass er nicht an ihrer Freundschaft festhielt, schmerzte. Unendlich und fies. Dass er nicht mehr in ihr sah als eine Freundin. Sie nicht *so* sah, schnitt weiter, tiefer in ihr Herz. Schälte die Haut von ihren Knochen, legte alles frei, was darunter lag.

Überwältigt hatte sie vor Jackson gestanden, sich ihm entzückt entgegengelehnt in der Hoffnung, dass sich ihr größter

Wunsch erfüllte. Stattdessen hatte er mit dem Finger ihre Nase angestupst. Wie bei dem kleinen Mädchen, das sie schon lange nicht mehr war.

Dann verschwand er. Einfach so.

Allein der Gedanke an diesen Abend fegte Roya die Röte ins Gesicht und ihr Herz gegen ihre Rippen, in dem Versuch aus einem zu engen Käfig zu springen.

Ein unterdrücktes Schluchzen stahl sich Royas Kehle hinauf.

»Ach, Ro, ich habe dich doch genauso vermisst!«, rief Lea da. Sie riss sie aus ihren Erinnerungen und abermals in ihre Arme.

Roya stemmte sich fest gegen diese schwesterliche Macht und die Gefühle der Vergangenheit, die auf sie zustürmten. Um nicht umzufallen, nicht weich zu werden. Ja, bloß keine Schwäche zeigen. *Ignorier den Schmerz.*

Sie liebte ihre Schwester und diese überschwängliche Art, obwohl es ihr manchmal zu viel wurde.

Völlig in dem *zu viel* von Lea zu verschwinden, entschädigte sie für die Unannehmlichkeit, von den Zeugen dieses Wiedersehens angestarrt zu werden. Vor allem von einem gewissen Zeugen dieses Wiedersehens.

Verstohlen hob Roya den Blick und sah Jackson hinterher. Seiner Bewegung nach zu schließen, hatte er sich im Moment erst umgedreht. Den Kopf gegen den beißenden Wind gesenkt, ging er langsam davon.

Diesmal hat er es nicht so eilig, von mir wegzukommen, erkannte Roya bitter und zwang sich, die Augen wieder abzuwenden. Sie würde überstehen, dass er über die Feiertage zurück war. Genau wie sie die letzten Monate hinter sich gebracht hatte, nachdem er gegangen war.

»Na los, du Trödeltante, dann bring mich endlich nach Hause!«

Roya schwankte, so abrupt ließ Lea sie los, um zu den Taschen zu stürmen. In gemäßigtem Tempo folgte Roya ihr, um zwei zu nehmen, die wie bunte Farbkleckse um sie herum verstreut lagen.

»Los, los! Ich will doch den Mittagstee mit Opa trinken, bevor er anfängt, ihn mit Whisky zu verfeinern!«, sprudelte es aus Lea heraus, die Roya vorkam wie ein aufgezogenes Spielzeug. »Sonst bin ich zu betrunken, um beim Kochen zu helfen. Na, komm!«

»Jetzt mach bloß keinen Stress, du hast Urlaub«, konterte Roya, während sie sich zu einer der Taschen herunterbeugte und der Wirbelwind an ihr vorbeifegte, der Lea hieß.

Kaum richtete sie sich auf, da war ihre Schwester schon auf der Rampe. Roya folgte ihr, zog sich die Mütze tiefer in die Stirn und drückte das Kinn in den Schal. Der Wind klatschte ihr Flocken ins Gesicht. Sie blieben an ihren Wimpern hängen, waren der Grund, warum ihr Blick sich verschleierte. Beißend legten sie sich auf ihre Wangen, doch das Piken auf der Haut schmerzte nicht so wie Jacksons Zurückweisung.

Aus dem Augenwinkel sah sie, dass er mit Lea sprach, die rückwärts an ihm vorbeilief. Nur kurz, aber immerhin tauschte er Wörter mit ihrer Schwester aus. *Also liegt es an mir,* dachte Roya. Die feinen Risse in ihrem Herzen brachen ein Stückchen weiter auf.

Sie fröstelte. Die Sonne war hinter der dicken weißen Wolke verschwunden. Wie Jacksons Lächeln, das er doch stets für sie bereithielt. Bereitgehalten *hatte*, stellte sie nochmals fest. *Hatte, hatte, hatte.*

Wieder wandte sie den Blick von ihm ab. Sie sollte ihn ignorieren, solange er da war. So wie sie das Vakuum ignorierte, das er in ihr hinterlassen hatte, als er fortging.

Mit Absicht schlich Roya hinter einer Gruppe Senioren her, in der Hoffnung, Jackson würde sich nicht von Lea überreden lassen, auf sie zu warten. Früher hatte sie sich danach gesehnt, nur einen Schritt neben ihm zu gehen, doch seit letztem Winter schien er keinen Wert mehr darauf zu legen, dass sie sich kannten. Dass sie Freunde waren. *Davor*. Nein, seitdem war nichts mehr so, wie es mal war.

Zu ihrer Erleichterung war Jackson verschwunden, als sie Lea erreichte und sie den Heimweg antraten. Sie fragte nicht nach ihm und gab vor, nicht bemerkt zu haben, dass er ein Stück mit Lea gegangen war. Dass er überhaupt da war.

Roya spürte, wie ihre Schwester sie musterte, doch bevor Lea dazu kam, eine Behauptung aufzustellen, fragte sie:

»Wie läuft's im Theater?«

Die Frage nach Leas Arbeit war immer eine gute Strategie, unerwünschte Nachforschungen zu vermeiden und ihre eigene Neugierde zu befriedigen. Außerdem erzählte Lea so lebhaft und farbenfroh, dass es sie herrlich von ihrem wunden Herzen ablenkte.

Zumindest eine Zeit lang.

»Ich bin für die Nachmittagsvorstellung am 27. Dezember gesetzt, deshalb nehme ich die erste Fähre, die rübergeht.«

Lea lenkte Roya mit ihren Erzählungen aus dem Theater ab. Mit weit ausholenden Gesten beschrieb sie alles im Detail. Mithilfe von gezieltem Nachfragen ergaben sich so unzählige neue Abzweigungen des Weges, auf denen Roya ihr dankbar folgte. Nicht auszudenken, was das Knirschen von schneefeuchtem Sand unter ihren Sohlen für Erinnerungen heraufbeschwören würde.

Nein, bloß nicht an Jackson denken.

In die Theaterwelt der Schwester abzutauchen, war da genau das Richtige. Obwohl Lea von einem Punkt zum anderen hüpfte, der jeden, der ihr zuhörte, oftmals verwirrte. Man musste sich voll auf das konzentrieren, was sie erzählte, sonst kam man auf einmal nicht mehr mit. Das war das, was Roya brauchte, das komplette Absinken in Leas Universum.

Ihre Schwester blühte so in dem Bericht ihrer eigenen Darbietung auf, dass sie bei einer schwungvollen Drehung fast gefallen wäre. Roya riss Leas Arm rechtzeitig herum, bevor diese mit dem Kopf voran in eine zugeschneite Hecke fiel.

»Ups, da hätte Ma aber gemeckert, wenn ich an Weihnachten mit einem zerkratzten Gesicht an ihrem Tisch sitzen würde!«

»Wäre ja nicht das erste Mal«, erwiderte Roya trocken. Sie mühte sich, nicht selbst umzufallen, als Lea sie prustend umarmte.

»Oh ja, kannst du dich erinnern?«

Und wie sie sich erinnerte. Roya lauschte weiterhin dem sprudelnden Wortschwall ihrer Schwester. Von den Erinnerungen an so manchen Unsinn in ihrer Kindheit sprangen Leas Erzählungen wieder zu ihrer Arbeit im Sonnenstudio, zu den Proben in dem kleinen Theater, den Kollegen.

Abgerissenen Pailletten wurde dabei ebenso viel Aufmerksamkeit geschenkt wie den Begegnungen mit den Stars des Musicals, den Zuschauern und Kunden im Solarium. Hin und her, vor und zurück. Als würde man durch die Programme im Fernsehen zappen.

Ein paarmal musste Roya sich im letzten Moment wegducken, bevor sie eine Hand ins Gesicht bekam, die Leas Aussagen untermalte. Der gelegentlich durch Lachen unterbrochene Informationsfluss endete erst, nachdem sie am Haus der Familie ankamen.

»Super! Ma hat mit der Deko auf mich gewartet!«

Alle Jahre wieder wunderte sich Roya über dieses Erstaunen auf dem Gesicht der Schwester. Hatte Lea etwa immer noch nicht verstanden, dass das ebenso eine Familientradition war? Dass die Weihnachtsdeko ruhte, bis Lea nach Hause kam? Sodass es in einem Jahr fast ausgefallen wäre, als Lea tanzend auf dem Kreuzfahrtschiff im Mittelmeer unterwegs war?

Sie beabsichtigte, Lea damit aufzuziehen, da
längst durch die Haustür und rief laut nach der Fan
Puh.
Den Blick auf das Haus nebenan, *sein* Haus, ve
legte Roya für ein paar Sekunden den Kopf in den Na ... Sie
genoss die Stille und sah blinzelnd auf die immer dicker werden-
den Wolken am Himmel. Die Sonne war verschwunden. Eine
stumme Traurigkeit übermannte sie. Ihre Gedanken schweiften
zu dem Schneegestöber im letzten Jahr zurück. Dem Abend, der
alles zwischen Jackson und ihr verändert hatte.

Doch unter Umständen war alles nur Einbildung. Ihrer
Fantasie entsprungen, ihrer dummen Verliebtheit geschuldet.
Es war nicht auszuschließen, dass *sie* sich seltsam benahm.
Nicht er. Ja, das war durchaus denkbar.

Die Erinnerung an das letzte Zusammensein konnte sie
abschütteln, die Kälte, die Jacksons Verhalten hinterließ, leider
nicht. Tränen prickelten hinter ihren Augen, doch sie blinzelte
sie weg. Es war zu frostig, um zu weinen.

Der Wind schien entschlossen, sie zur Vernunft zu bringen,
und schleuderte ihr die nächste eisige Böe ins Gesicht. Riss ihr
dabei fast die Mütze vom Kopf.

»Hast ja recht«, murmelte sie und schloss einen Moment
lang die Augen. Entschlossen, nicht mehr an Jackson zu denken, stapfte Roya die Stufen zum Eingang hinauf.

Hinein in die Wärme der Familie und das Chaos, das Lea im
Flur hinterlassen hatte.

KAPITEL 4

Opa Albert

Es war mitunter eine gute Sache, von der Eintönigkeit des Lebens abgelenkt zu werden. Immer nur derselbe Trott war nicht nur ermüdend, es machte auch keinen Spaß. Obwohl es durchaus wünschenswert war, eine gewisse Routine an den Tag zu legen. Dazu gehörte nicht nur, die Zeitung zum ersten Tee des Tages zu lesen, sondern auch, Rieke Pötter bei der morgendlichen Zurschaustellung ihrer sportlichen Aktivitäten zu beobachten. Oder zu kritisieren.

Albert war kein Voyeur. Er stand nunmehr seit zweiundsechzig Jahren jeden Morgen an diesem offenen Küchenfenster und beobachtete die Gasse, in der er wohnte, während sein Tee ziehen musste. Alle wusste das, hauptsächlich die Dame von der gegenüberliegenden Seite. Schließlich wohnte sie seit einer Ewigkeit in dem Haus mit der vorwitzigen gelben Tür.

In letzter Zeit forderte sie ihn heraus, ihr seine Meinung mitzuteilen. Sie schien ihre Dehnübungen genau vor seiner Nase zu machen, nur um ihn zu verwirren. Das betraf weniger diese körperverheddernden Verrenkungen, sondern die oftmals unpassenden Änderungen in ihren typischen Gewohnheiten.

Jeden Morgen war es dasselbe Spiel. Rieke trat aus der Tür, winkte ihm zur Begrüßung des Tages zu und sprang wie ein junger Hüpfer, der sie mit ihren 69 Jahren durchaus war, die drei Stufen in ihren kleinen Vorgarten herunter.

In rosa Trainingskleidung mit eng anliegendem Oberteil, dessen Ärmellänge je nach Jahreszeit variierte. Stets trug sie ein Stirnband gleicher Farbe, im Winter war es breiter und lag über den Ohren. Ihr Haar frisierte sie grundsätzlich in einem festen Knoten am Hinterkopf, wie eine alternde Ballettmeisterin. Erst lief sie auf der Stelle, legte ihren Kopf nach links, dann nach rechts, rollte ihre Schultern. Warf die Arme hoch, bog ihren Rücken durch und berührte mit den Fingerspitzen die Füße.

So war es seit Jahren, tagein und tagaus. Bis sie diese besagten Veränderungen in ihr Programm mit aufnahm. Damit provozierte Rieke Pötter, dass Albert etwas dazu sagte.

Es ging doch nicht, dass sie plötzlich das Haar offen trug wie ein junges Mädchen. Dass sie ein dunkles Braun statt dem fröhlichen Rosa anzog. Dass sie, kaum war sie die Stufen herabgehüpft, losjoggte, ohne ihre Dehnübungen zu machen.

Was Albert am meisten wurmte, war die Tatsache, dass sie immer zu ihm am Küchenfenster herübersah, bevor sie loslief. Den Mund zu diesem kessen Lächeln verzogen, als fordere sie ihn auf, sie zu begleiten. Sie sagte es nicht mit Worten, legte nur ihren Kopf zur Seite und hielt seinen Blick. Zur Antwort verengte Albert die Augen und gab ihr zu verstehen, dass er nicht verstand und sie ohnehin ignorierte.

Oftmals hatte sie die Mitteilung stumm akzeptiert. Doch es häufte sich, dass Rieke Pötter mit in die Hüften gestemmten Händen auf dem gepflasterten Weg vor seinem Fenster stehenblieb und die Augenbrauen hochzog, eine stumme Frage:

Und jetzt?

In letzter Zeit lächelte sie weniger, grummelte ein untypisches *Moin* in seine Richtung. Oder, was seit drei Tagen so lief, stapfte grußlos an ihm vorbei!

So durfte das nicht weitergehen. Bisher hatte Albert Rieke stumm kritisiert, mit missbilligenden Blicken und ab und zu einem Schnauben. Doch dass sie ihn überhaupt nicht mehr beachtete, konnte und wollte er nicht akzeptieren. Das sollte er ihr in Ruhe mitteilen, womöglich sogar mit ihr sprechen. Also so richtig unterhalten. Doch gemächlich, damit sie nicht beleidigt war. Sie dazu bringen, die jahrelang praktizierte Routine wieder aufleben zu lassen. Wie gesagt, in Ruhe, um des lieben Friedens willen.

Nun war es allerdings mit der Ruhe vorbei, stöhnte Albert innerlich, da seine Enkelin Lea ins Zimmer stürmte. Die Kerzen auf dem Adventskranz flackerten, sodass er befürchtete, der Kranz würde jeden Moment Feuer fangen.

»Opa! Was stehst du denn da am Fenster?«, kreischte sie, als wunderte sie sich, ihn an seinem angestammten Platz anzutreffen.

Hoffentlich erwartete sie jetzt nicht, dass ich ihr entgegengehe, überlegte Albert, der lieber das Haus gegenüber im Auge behalten wollte. Vor allem wollte er sehen, wann seine Bewohnerin zurückkam, die übermäßig lange fortblieb. Es war schon Mittag vorbei.

»Na, hast du mich vermisst?« Lea drückte ihn an sich und redete ohne Punkt und Komma auf ihn ein.

Eine Tatsache, die ihn normalerweise amüsierte, doch an diesem Tag hörte Albert kaum zu. Viel zu sehr war er damit beschäftigt, sich über Riekes Verhalten zu wundern. Außerdem musste er sich in Sicherheit bringen vor all diesen klimpernden Armreife und den kitzelnden Federn an Leas Pullover. Ihre vibrierende Energie machte ihm Angst, dass sein Herzschrittmacher aus dem Rhythmus geraten könnte.

Was bisher nur einer einzigen Person gelungen war.

Diese Erkenntnis traf ihn. Sogar heftig. Seine Knie gaben ein klein wenig nach und er setzte sich ermattet hin. Entsetzt über die Tatsache, dass sein Herz immer seltsame Dinge anstellte, wenn er sich über Rieke Pötter aufregte. Oder wenn sie ihn so kess anlächelte. Ungläubig starrte er zu ihrem Haus hinüber.

»Na, was siehst du denn da draußen?« Lea quetschte sich hinter seinen Stuhl und sah aus dem Fenster. Versperrte ihm dabei die Sicht. »Ah, immer noch Rieke? Deshalb lungerst du hier so spät herum! Du solltest langsam mal einen Zahn zulegen, Opa, du wirst nicht jünger und nicht, dass ein anderer kommt und sie dir wegschnappt!«

Das brachte das Fass zum Überlaufen. Und seinen Herzschlag aus dem Takt. *Möglicherweise trifft sie sich mit einem Mann*, dachte Albert entsetzt und wandte den Blick vom Fenster ab.

Das würde Rieke ihm doch nicht antun, oder?

Aber zum Grübeln blieb keine Zeit. Lea schnatterte weiter, als wäre nicht ein Teil seiner Welt zusammengebrochen.

Während sie von Hinz und Kunz und dem kleinen Musical, in dem sie mitwirkte, erzählte, räumte sie nebenbei ihre Tasche aus, verteilte irgendwelchen weihnachtlichen Krimskrams überall in der Küche, die zwar eine angenehme Größe hatte, aber zu viel Abstellfläche besaß. Der überlange Schal rutschte umgehend von der Stuhllehne, auf den Lea ihn mit großer Geste warf.

»Jetzt guck nicht so entsetzt, sie kann schließlich nicht ewig auf dich warten!«

Ahh, sie war wieder bei Rieke angelangt.

»Ich bin doch hier!«, rief da eine Stimme vom Flur.

Da kommt die nächste Schnattertante. Albert verdrehte die Augen, diesmal tatsächlich. Vor allem, da diese beiden Damen immer meinten, jedes Gespräch drehe sich um sie.

Shonda Macleod-Petersen, seine Schwiegertochter, gleichwohl eine gute Seele und die beste Frau für seinen lahmen Sohn, zerrte manchmal außerordentlich an seinen Nerven. Sie war immer eine kleine Spur zu laut, zu wuchtig, zu gut gelaunt und genau das Gegenteil, wenn sie wieder mal eine ihrer Launen hatte. Zu traurig, zu theatralisch, zu leidend. Von allem *zu viel*.

Im selben Tempo raste sie auf ihr ältestes Kind zu, wie Lea ihr um den Küchentisch herum entgegenpreschte. Würden sie etwas verpassen, wenn sie langsam gingen?

Albert wartete auf den Krach, den es zwangsläufig gab, sobald zwei Sonnen miteinander kollidierten.

Der Aufprall glich einem übergroßen Klangspiel. Armreife, Ketten und was wusste er denn von all dem Tüdelkram, den die

Frauen so trugen. Er hörte es klirren und scheppern. Dazu redeten beide ununterbrochen in einem Mix aus Deutsch und Englisch und übereinander hinweg, dass er sich wunderte, wie die eine die Informationen hören konnte, die die andere von sich gab.

Mutter und Tochter waren wie zwei übergroße Wollknäuel aus Musik und lautem Lachen, die sich miteinander verhedderten. Vor seinen Augen verschmolzen sie zu einem großen Ganzen. Bunt von Kopf bis Fuß. Gleich groß und ähnlich wild gemustert gekleidet, konnte Albert sie nur anhand der Frisur auseinanderhalten. Seine Enkelin hatte das dunkle Haar ihrer Mutter geerbt, das sie färbte. Und Shondas Haarschopf war inzwischen grau und reichte hinunter bis an ihre Hüfte. Es wippte in den gleichen krausen Locken.

Das ist viel zu viel, sinnierte Albert nicht zum ersten Mal und dachte ungewollt wieder an die Frau von gegenüber. Riekes Haar ähnelte gold schimmerndem Weizen, mit ähnlicher Struktur. Gerne würde er es genauer unter die Lupe nehmen, um zu sehen, ob sich mittlerweile Strähnen in ihm tummelten, die so grau wie die Dächer ihrer Häuser waren.

Auwei, jetzt dachte er schon wieder an diese Person! Genervt schnaufte er und schüttelte den Kopf.

»Alles in Ordnung, Opi?«

Albert zuckte zusammen. Er hatte Roya gar nicht bemerkt, die ihm seine Tasse Tee, nunmehr die vierte, seitdem Rieke das Haus verlassen hatte, vor die Nase stellte und ihn besorgt die Hand auf die Schulter legte.

»Ach was, die beiden da machen mich nur manchmal wirr im Kopf«, erklärte er mit einem Augenzwinkern.

Lächelnd flüsterte Roya ihm zu: »Mich auch.«

Sie huschte durch die Küche, tanzte um ihre Mutter und Schwester herum, eine seit Jahren praktizierte Choreografie. Roya sammelte Leas Mitbringsel ein und stellte sie auf die

Anrichte neben der Tür, die ihre Mutter extra für diesen Anlass von dem Nippes, der da sonst rumstand, befreit hatte. Kurz verschwand Roya unter dem Tisch, hob Leas Schal auf, faltete ihn zusammen und legte ihn in eine der Taschen, die halb auf einem Stuhl hing, nahe dran herunterzurutschen. Auf leisen Sohlen räumte Roya hinter ihrer Schwester her, bis sie alles eingesammelt hatte.

»Du bringst immer die Ruhe mit.« Albert tätschelte ihr den Arm, während sie sich auf den Tisch stützte und eine Feder von Leas Pullover aus seinem schneeweißen Haar zupfte. Roya gab ihm einen Kuss auf die Wange, schnappte sich ohne Aufhebens die Taschen und verließ die Küche.

Ein weiterer Wirbelwind, überlegte Albert leise lachend. »Nur ohne Krach und viel effektiver!«

»What'd you say, Albert?« Shonda drehte sich von ihrer Tochter weg, hielt sie aber weiterhin an der Taille fest. So konnte er gar nicht ausmachen, wo die eine anfing und die andere aufhörte. Er ließ seinen Blick nach unten gleiten. Lea trug bunt gemusterte enge Hosen und ihre Mutter einen ihrer typischen bodenlangen weiten Röcke, die ihr selbst bei diesem Wetter die angemessene Kleidung zu sein schienen.

»Ach, hab nur laut gedacht.«

»Die Frage ist nur, an *we-en*!« Lea kicherte und sah ihre Mutter verschwörerisch an, bevor sich beide Augenpaare auf Albert richteten.

»Jetzt tut er wieder so innocent, as if er nicht weiß, what we mean«, stieg Shonda sofort in die Neckerei mit ein.

Albert versuchte erst gar nicht, sich zu verteidigen, indem er die beiden aufklärte, dass er von Roya gesprochen hatte. Das wäre vergebene Liebesmüh, denn wenn die zwei sich erst mal auf etwas einschossen, waren sie nicht mehr zu bremsen. Er konnte sich nur über Roya wundern, wie das Kind das all die Jahre über sich ergehen lassen konnte, ohne durchzudrehen.

»Ach, ihr wieder«, grummelte er in seinen Tee und gönnte sich einen Schluck, wobei er sich die Zunge verbrannte. Verstohlen sah er auf die Uhr, ob es Zeit für seinen Whisky war.

Es war äußerst beunruhigend, dass die beiden ihn so wissend mit ihren gelbgrünen Augen ansahen und miteinander flüsterten. Ob sie ahnten, dass die Dame von gegenüber diese verwirrenden Gefühle in ihm hervorrief, dass er mittags an Whisky dachte? Knapp zweieinhalb Stunden vor der Zeit?

»Willst du erst mal Tee?«, fragte Shonda ihre Tochter, wobei sie *Tee* englischer aussprach, als Albert es für nötig hielt.

Shonda verfiel immer ins Englische, wenn Lea zu Hause war. Aber das *Warum* zu ergründen, schien ihm zu anstrengend, ebenso wie den Grund herauszubekommen, weswegen sie überhaupt fragte, da sie doch nie eine Antwort abwartete. Shonda marschierte zum Küchenschrank, kramte nach Leas Lieblingstasse und füllte sie mit Alberts Kräutertee *Snüti Bluchtwin, der frechen Brise*.

Albert nahm es gelassen hin, obwohl er wusste, dass der Tee kalt und die Tasse stehen bleiben würde, genau wie Shondas. Denn die beiden Quatschtanten hielten sich gegenseitig stets davon ab, den Mund zu halten und die Kehle zu befeuchten. Während die beiden abgelenkt waren durch die neuesten Informationen, die sich seit ihrem letzten Telefonat angesammelt hatten, welches genau zwei Tage her war, nutzte Albert die Gelegenheit, um einen weiteren Blick aus dem Fenster zu werfen.

Bei Rieke brannte kein Licht. Für die Uhrzeit war das nicht ungewöhnlich, aber draußen erinnerte nichts mehr an die Sonne. Es war nicht düster, eher farblos. Vereinzelte Schneeflocken wirbelten herum, als seien sie vom Boden zurück in Richtung Himmel unterwegs, da es ihnen hier zu kalt war. Unzufrieden mit deren Ausrichtung, schob der Wind hellgraue Wolken umher.

Rieke mochte dieses Wetter. Dann mummelte sie sich auf ihrem blauen Sessel ein, dessen eine Ecke er am Fenster ihres Wohnzimmers ausmachte, und las oftmals stundenlang. Dafür knipste sie immer irgendwelche kleinen Lichter an, die er von seinem Posten aus nicht genau sah. Abends oder wenn es gar zu finster war, zündete sie zusätzlich die dicke Kerze im Fenster an. Doch es blieb weiterhin alles dunkel.

Selbst dann, als Shonda und Lea die Plätzchen verputzten, die Roya ihnen hinstellte. Wann das Mädchen die gebacken hatte, wusste er nicht mehr genau. Genauso wenig, wo sie jetzt wieder steckte; Roya hatte immer irgendetwas zu tun. Im Gegensatz zu den anderen, machte sie es so unauffällig und leise, dass man manchmal erst nach Tagen feststellte, was verändert oder ausgebessert wurde. Oft begriff er erst, dass Dezember war, wenn es in seinem Haus durchgehend wie in einer Weihnachtsbäckerei duftete. Ständig standen Plätzchen herum oder es köchelte eine neue Kreation Weihnachtspunsch auf dem Herd.

Seufzend erhob sich Albert. Ihm schmerzte vom vielen Sitzen auf dem Küchenstuhl der Hintern. Er rieb die platt gedrückten Backen und beschloss, sich zu bewegen. Kaum passierte er die Kommode mit Leas Schnickschnack, da hielt sie ihn auch schon auf.

»Na Opa, wo geht's hin?« Lea grinste ihn an, als wäre ihr Kopf voller unanständiger Gedanken. Vermutlich war er das, aber das hatte ihn bisher nie gestört. Es störte Albert mehr, dass seine Enkeltochter etwas zu wissen schien, wovon er keine Ahnung hatte. Verschwörerisch sah sie zum Fenster, dann nickte sie ihm auffordernd zu.

»Ich und Mum hatten da eine tolle Idee!«

»Aye, super tolle idea!«, bestätigte ihre Mutter im gleichen Ton, der fröhlich vorgetragen doch mit Sicherheit nur Peinlichkeiten versprach. Wie damals, als Shonda verkündete, draußen im Vorgarten zu tanzen.

Albert grummelte in seinen nicht vorhandenen Bart und stahl sich aus der Küche, bevor die beiden ihm sagen konnten, um was für eine tolle Idee es sich handelte.

KAPITEL 5

Lea

»Was hat er denn?« Shonda hatte ihren Akzent völlig vergessen, so verwirrt war sie.

»Er wollte nicht hören, was wir zu sagen haben.« Lea grinste ihre Mutter an, die ähnlich wie sie selbst die Tür anstarrte, die hinter Albert ins Schloss fiel. Beide zuckten mit den Schultern.

»We'll do it, so oder so.«

»Yes, ma'am.«

Ein Hauch von schlechtem Gewissen, ihren Plan durchzuziehen und Opa Albert vor vollendete Tatsachen zu stellen, zogen beide nicht in Betracht.

»Sit down, Kind.« Shonda zog Lea wieder an den Tisch und schenkte ihr Tee nach, der kalt geworden war. Keiner von ihnen merkte es. »Hier, eat your calendar bis heute.«

Lea lachte. Mit glänzenden Augen überreichte ihre Mutter ihr einen überdimensionalen Adventskalender, prall gefüllt mit herrlich leckerer Schokolade.

»Oh Ma, der ist super, aber ich kann nicht alle Tage bis heute rausfuttern, ich bin Tänzerin.«

»I thought, du singst in dem Stück.« Vor Empörung, ihre Tochter habe ihr nicht die Wahrheit über ihr Engagement erzählt, zog Shonda eine wohlgeformte Augenbraue bis zum Haaransatz hoch.

»Das stimmt auch, Ma. Aber ich tanze und singe in einem engen Fummel, da darf ich kein Gramm Schokoröllchen zu viel haben.«

»When I was your Alter, konnte ich essen, as much ich wollte ...«

Wie für die beiden typisch, unterbrach Lea ihre Mutter. »Wir essen die nächsten Tage sowieso viel zu viel, wir ...«

Und wie es sich gehörte, unterbrach Shonda sofort ihre Tochter. »Ich habe nie zugenommen, never.«

»Ich nehme auch nie zu«, behauptete Lea, »ich muss nur in mein Kostüm passen.« Um ihre Worte zu unterstreichen, drückte Lea das Schokoladenstück vom 1. Dezember heraus.

Himmlisch süßer Kakaoduft erfüllte die Küche, als Lea das Papier aufwickelte. Sie schob sich die Praline in den Mund und schloss genießerisch die Augen. »Mmm, lecker.«

»Your dad hat sich diesmal Mühe gegeben ...« Bevor Shonda ausgeredet hatte, fragte Lea: »Ach, Papa hat die dieses Jahr gekauft?«

Und bevor das *t* und ein paar Krümelchen Schokolade Lea aus dem Mund purzelten, sprach ihre Mutter bereits weiter.

»After I gave him tips ...«

»Was du jedes Jahr tust ...«

»Sonst he wouldn't buy die richtigen ...«

Kauend lachte Lea, während sie die Praline vom 2. Dezember öffnete.

Weder Lea noch ihre Mutter störten sich daran, sich gegenseitig zu unterbrechen oder die Sätze der anderen zu Ende zu führen.

»Wahnsinn, what a year.« Shonda umarmte ihre Tochter, »du hattest so viele verschiedene Rollen ...«

»Und jetzt sind es nur noch drei Tage ...«

»Four days ...«

»Bis Weihnachten.«

»Christmas.«

Lea lachte. Sie war froh, dass das kein ernst gemeinter Schlagabtausch war.

Sobald ihr Vater Hannes Shonda damals geheiratet hatte, hielten gleichermaßen Traditionen und die englische Sprache im Haus Petersen Einzug. (Obgleich Shonda MacLeod-Petersen darauf bestand, dass sie Schottin war.)

Opa Albert war nach all den Jahren zwar immer noch irritiert, wenn ein Mistelzweig von der Decke baumelte, doch an den Whisky hatte er sich schnell gewöhnt.

Lea fand es klasse. Warum sich entscheiden oder auf einen Teil verzichten, wenn man beides haben konnte? Etwas, was sich herrlich auf ihr Leben anwenden ließ. War es denn nicht großartig, doppelt zu genießen?

»Aye«, riss Shonda ihre Tochter aus deren Überlegungen, »Wie ist es mit deinem love life?«

»Ma!«, stöhnte Lea und ließ sich theatralisch auf ihrem Stuhl nach unten rutschen. Sie wusste, sie hatte keine Chance, wenn ihre Mutter erst mal anfing, Fragen zu stellen.

»There was the dancer ...« Obwohl sie sich gegenseitig ins Wort fielen, merkte Shonda sich alles. Selbst Namen. »Toni, right?«

»Da war nichts weiter.«

Zur Antwort atmete Shonda genervt aus. Lea verdrehte die Augen. Es folgte eines dieser nervigen Gespräche, die scheinbar vor allem zu Weihnachten auf der To-do-Liste von Müttern standen. Zumindest ihrer. Die immerwährende Frage zu der einen Person in ihrem Leben, mit der sie *endlich* ernst machen wollte. Sich etwas *aufbauen* würde.

Das hörte sich für Lea nach Anstrengungen an. Wie unzählige Stunden schwere Steine aufeinanderstapeln, Staub auf der Kleidung und Dreck unter den Fingernägeln. Entsprechenden Blasen an den Händen und schmerzendem Rücken. Es roch buchstäblich nach schweißtreibender Arbeit.

Nein, das konnte sie anders haben. Lieber tanzte Lea sich die Füße platt und sang sich ihre Stimme wund, bis sie schwer atmend auf dem Bühnenboden lag. Erschöpft und ausgelaugt, aber voller Endorphine, auch nachdem der Applaus abgeebbt war. Dem ewigen Glück des Künstlers, dem Hoch, das sie mit Freude auslebte, wenn es sich ergab.

Aus*liebte*, wie sie ihre Mutter oft belehrte.

Lea wollte nichts Festes, sich nicht binden. Sich am Leben laben, wie die kreischenden Möwen an einem Fang Fische.

Manchmal wochenlang. Meist nur eine Nacht.

»What about Flo?«

Tja, das war eine dieser Fragen, um die zu beantworten Lea dringend Opa Alberts Tee aufpeppen musste.

KAPITEL 6

Opa Albert

Das seine Schwieger- und Enkeltochter irgendetwas aushecken und sogar mit Rieke über ihn sprechen könnten, behagte Albert überhaupt nicht.

Missmutig stapfte er im hinteren Teil des Hauses, in dem sich, abgetrennt vom Rest, seine Zimmer befanden, hin und her.

Knapp fünfundzwanzig Jahre war es her, dass sein Sohn Hannes den ausgedienten Stall ausgebaut und mit dem Wohnhaus verbunden hatte, damit die junge Familie mehr Platz und Albert sein eigenes Reich bekam. Das und die Gründung seiner Familie waren mitunter die anstrengendsten Tätigkeiten, die Hannes, der Phlegmatiker, je bewerkstelligt hatte. Nicht, dass der Junge faul war, nur eben bequem und darauf bedacht, sich so wenig wie möglich anzustrengen.

Kichernd wanderte Albert in seinem kleinen Wohnzimmer umher, belustigt über seinen gemütlichen Sohn, der so eine quirlige Frau für sich hatte einnehmen können. Er zwang sich, an den Umbau damals zu denken, damit seine Gedanken nicht wieder zu Rieke wanderten.

Doch es gelang ihm nicht.

Wo blieb sie bloß? Wie verbrachte sie ihren Tag?

Für die Vorbereitungen der gemeinsamen Weihnachtsfeier der Insel am 23. Dezember, die bei dem zusehend raueren Wetter im Gemeindesaal stattfinden sollte, war es zu früh. Außerdem würden die Frauen aus seiner Familie ebenfalls dorthin unterwegs sein. Und überhaupt wäre Rieke dann zwischendurch auf jeden Fall nach Hause gekommen und hätte sich umgezogen. Das tat sie immer, wenn sie irgendetwas vorhatte. Manchmal malte sie sich dafür sogar das Gesicht an und fragte, ob sie gemeinsam gehen wollten. Was Albert bisher aber immer vermieden hatte.

Das wäre ja noch schöner, wenn er den Inselbewohnern Anlass zum Tratschen geben würde!

Ne, ne, ne, ihm reichte, dass man über seine Enkeltochter sprach. Lea, die immer wieder mit neuer Frisur, neuer Aufmachung und neuen Freunden nach Hause kam, die allerlei Anlass für Tratscherei gaben. Nicht, dass es ihn interessierte. Jeder sollte so machen, wie es am besten passte. Und für Albert passte es, wenn man ihn in Ruhe ließ.

Trotzdem wäre ihm lieber, er wüsste, was vorging.

Er blickte aus dem Fenster seines Wohnzimmers, das zum hinteren Garten hinauszeigte. Suchend wanderten seine Augen umher, doch außer Grau sah er nichts. Die Wolken waren dichter gewachsen. Der Wind schien sich gelegt und damit abgefunden zu haben, dass der Schnee für heute den Sieg davontrug.

Schnaufend hielt Albert im Zimmer Ausschau, womit sich die Zeit vertreiben ließ. Es juckte ihn nicht in den Fingern, an seinem Buddelshipp weiter zu basteln, auch wenn Shonda ihn ständig ermahnte, dass sie für ihren Laden Nachschub brauchte. Ziemlich weit weg von jeglicher Missempfindung der Haut war auch eines der unzähligen Kreuzworträtsel zu lösen. An dem niedrigen Tisch vor seinem Sofa hatte er mit Roya ein Puzzle angefangen, jedoch interessierte ihn das ebenso wenig, wie in einem seiner Bücher zu lesen. Er könnte zu ihr hochgehen und sich eines von ihr ausleihen.

Außerdem lag ihr Zimmer Richtung Süden. Mühelos könnte er an der Pension Köster vorbei zu Riekes Haus schauen und sehen, ob sie sich inzwischen dort aufhielt.

Zufrieden mit diesem genialen Einfall, verließ Albert sein Zimmer. Mit der Hand am Treppenlauf, der mit einer Kieferngirlande umschlungen war, stieg er in den ersten Stock hinauf.

Mangels Kamin hatte Shonda an jeder zweiten Treppensprosse rote Socken aufgehängt, auf die die Namen der Familienmitglieder gestickt waren. Diesen Brauch fand er recht witzig, da sie sich über den Dezember langsam füllten und an Weihnachten so prall waren, dass sie fast herunterplumpsten. Am ersten Weihnachtsfeiertag lungerten sie auf der Treppe herum, versperrten mit den Bonbons, Nüssen und anderen Kleinigkeiten den Weg zur Kinderetage.

Obgleich man seine Enkel faktisch nicht mehr Kinder nennen konnte. Roya, die jüngste, war mittlerweile neunzehn.

Seit Jahren hatte Kyle, das mittlere Kind, sein Zimmer nicht mehr aufgesucht, da er lieber mit seinen Kumpels oder der neusten Freundin in der nachbarlichen Pension abstieg, wenn er es überhaupt für angemessen empfand, seine Familie zu besuchen. Es war dem Jungen alles zu eng im Haus des Großvaters, doch das juckte Albert nicht. Ihm würde er es so oder so nicht vermachen. Wenngleich er Kyle auch gern näher wüsste, beschränkte der seine Besuche auf das Minimum. Immer mit der Ausrede, er müsse arbeiten und die Anreise wäre zu beschwerlich. Für einen fitten jungen Mann von vierundzwanzig, der genug Geld verdiente, um dreimal im Jahr eine Flugreise in den Süden zu unternehmen, war dieser Vorwand alles andere als glaubwürdig.

Ach, na ja.

Albert klopfte bei Roya an und steckte, nachdem sie ihn hereingerufen hatte, den Kopf durch die Tür.

»Na, kann ich reinkommen?« Er trat ein, bevor sie ihm antwortete, und freute sich über ihr Schmunzeln. In letzter Zeit lächelte sie selten. Genau wie Rieke.

»Was machst du?«, fragte er, obwohl es offensichtlich war, dass Roya Weihnachtsgeschenke einpackte. Neben bunten Tüchern aus dem Laden ihrer Mutter benutzte sie dafür altes Geschenkpapier, welches wegen unzähliger Wiederverwertung haufenweise Knicke aufwies.

»Für die Weihnachtstombola«, erklärte sie trotzdem.

»Ahh, ja.« Albert schritt langsam durch ihr Zimmer, ließ seinen Blick über ihre deckenhohen Bücherregale schweifen und den hohen Stapel von Büchern daneben, die Roya für die Tombola aussortiert hatte. »All diese da?«

»Ja, du kannst sie aber gerne noch mal durchsehen, ob du welche davon willst.«

Sie legte den Kopf schräg und musterte ihn. Ihre sturmumwölkten Augen schimmerten wie feine Sonnenstrahlen durch Regentropfen auf Glas. Ihre Lippen verzogen sich zu einem verschwörerischen Grinsen. »Ein oder zwei könnten dir gefallen.«

»Deswegen bin ich ja eigentlich gekommen.«

Ohne die Bücher zu beachten, wanderte er weiter zum Fenster, drückte sein Gesicht an den äußersten Rand der Scheibe und versuchte einen Blick auf Riekes Haus zu erhaschen.

»Und uneigentlich?«

Albert hörte das Lächeln in ihrer Stimme und einen Moment lang war er gewillt, Roya diese Gefühle zu gestehen, die ihn mehr verwirrten, als er in Worte packen konnte. Bei ihr wüsste er zumindest, dass sein Geheimnis gewahrt und kein Anlass für Neckereien geben würde.

Allerdings fühlte es sich falsch an, sie damit zu behelligen. Irgendetwas stimmte sie schon seit längerer Zeit traurig und Albert nahm an, dass es mit dem Jungen von nebenan zu tun hatte.

Der war letzten Winter zu einer Fotoreise aufgebrochen und seitdem nicht zurückgekommen. Es war abzusehen gewesen. Er konnte da draußen in der Welt viel mehr seinem Traum nachjagen, so ein großartiger Fotograf wie sein Vater zu werden. Statt weiterhin hier auf Baarhoog sein Dasein zu fristen und die immer gleiche, wenn auch im Wechsel der Jahreszeiten veränderliche Landschaft zu fotografieren.

Es war Albert aufgefallen, dass es Roya nicht lange in einem Raum aushielt, wenn jemand auf ihn anspielte. Im Frühjahr wirkte ihr Blick entleert, als hätte sie alle Tränen und ihre liebliche Freude für diesen Jungen vergossen. Dann schien sie darüber hinweg. Auf diese störrische Art. Bis vor einigen Tagen, als Karin Köster bei dem letzten Kaffeeklatsch, der warum auch immer stets in Alberts Küche stattfand, Shonda erzählte, Jackson käme über die Feiertage zurück.

Seitdem wirkte Roya noch beschäftigter als bisher, war mit Vorsatz zu abgelenkt, um innezuhalten. Sie war kaum zu Hause und wenn, gönnte sie sich nie die Zeit, sich zu einem Plausch mit ihrer Mutter an den Küchentisch zu setzen.

Was hatte der Kerl mit ihr gemacht, dass sie selbst Shondas flatterhaftem Gerede aus dem Weg ging?

Kaum hatte Albert an den Köster-Jungen gedacht, erschien der auf der Treppe der Pension und deutete einer Familie den Weg Richtung Dorf.

»Jack hilft drüben über die Feiertage«, bemerkte Albert und obwohl Roya keinen Laut von sich gab, spürte er ihr Zusammenzucken. Mit einer Entschuldigung für seine unbedachte Äußerung auf den Lippen drehte er sich zu ihr um, doch verblieb stumm.

Nur ähnlich aufmerksamen Leuten wäre die minimale Veränderung aufgefallen, die sich auf ihren Zügen erkennen ließ. Ihre Wangen waren eine Spur farbiger, ihre Lippen kniff sie ein bisschen mehr zusammen, welches andere der Anstrengung zugeschrieben hätten, die es erforderte, ein Buch auf raffinierte Weise zu verpacken.

Albert schnaufte und wandte sich wieder zum Fenster. Genau in diesem Moment sah Jackson hinauf. Die Haare trug er jetzt kürzer im Nacken, nicht mehr so zottelig. Sein Lächeln veränderte sich minimal, ein faszinierendes Mienenspiel folgte. Dann hob er die Hand zum Gruß und Albert winkte lächelnd zurück. Ihm war klar, dass Jack sich kaum ihn dort zu sehen erhofft hatte.

Interessant. Äußerst interessant.

»Backst du mit Karin wieder für die Kinder?« Albert hoffte, diese Frage klang beiläufig genug.

»Äh, ja, ich denke ... schon.«

Roya wirkte nachdenklich. Sie schien zu überlegen, ob sie Jacksons Tante wirklich helfen sollte, mit Kindern aus dem Eltern-Kind-Kurheim Weihnachtsplätzchen zu backen, nun da er zurück war. Dann traf sie eine Entscheidung. Straffte die Schultern und reckte das Kinn. Eine Haltung, die sich immer dann zeigte, wenn man ihr sagte, für dies oder jenes wäre sie zu jung. Schlimmer noch, zu klein.

»Klar mache ich das.«

Aufmüpfig. So mochte er sein Mädchen.

»Bei ihr drüben?«

»Ja, soweit ich weiß«, erklärte Roya gedankenverloren, während sie kunstvoll ein weiteres Tuch um ein Buch schlang. »Diese Familie Saubig reist Samstag ab.«

Einen Moment schien es, Roya würde noch etwas hinzufügen, doch sie überlegte es sich anders und kniff stattdessen die Lippen ein bisschen fester zusammen.

Albert drehte sich zurück zum Fenster. Matschige Schneekristalle klebten daran, rutschten im Schneckentempo hinab und blieben auf dem Fenstersims liegen. Schlieren auf der Scheibe erschwerten ihm die Sicht auf Riekes Haus.

»Eklig da draußen.«

»Sie wird schon heile zurückkommen«, gab Roya zurück, ohne dabei von dem nächsten Päckchen aufzusehen, das sie gekonnt in ein etwas mitgenommenes Stück Papier wickelte. Es brauchte keine Erklärung, wen sie meinte. »Sicherlich besorgt sie die letzten Geschenke, sie hat ja einige Neffen und Nichten.«

Einen Moment schweigen sie beide.

»Kommen die dieses Jahr her?«, fragte sie unvermittelt.

»Woher soll ich das denn wissen?«

Roya beachtete seine Gegenfrage nicht. »Vielleicht reist sie ja zu ihnen rüber. Ist ja recht einsam hier.« Ein kleines Seufzen begleitete diese Erkenntnis.

Albert verstand, dass Roya ihm mit ihrer subtilen Art etwas mitteilen wollte, doch zog es vor, sich dumm zu stellen, und schwieg beharrlich.

»Wenn sie erst mal weg ist, kommt sie womöglich nicht wieder.« Jetzt bedachte Roya ihren Opa mit einem vielsagenden Blick. »Nicht jeder ist wie Lea, die alle freien Minuten für einen Besuch opfert«, sie zupfte eine Schleife zurecht, »nicht jeder hat überhaupt einen Grund zurückzukommen.«

Nur eine zarte Nuance in der Stimme gab den Worten *einen Grund* eine Bedeutung. Roya meinte offenbar nicht nur Rieke, sondern auch Jackson, von dem jeder wusste, dass er nach dem Tod seines Vaters nur noch seine Tante auf der Insel hatte. Und ihre Beziehung war alles andere als harmonisch.

Seine Mutter war abgehauen, als er ein kleiner Junge war, mit der Erklärung, sie wäre nicht zur Ehefrau und dem Mama-Dasein geschaffen. Es hieß, sie hätte in ihrem Abschiedsbrief geschrieben, sie wünsche ihm alles Gute, aber keinerlei Kontakt. Da blieb ihm außer seinem so gut wie nie anwesenden Vater nur die verbitterte Tante, andere Verwandte gab es auf Baarhoog nicht. Freunde, die nicht aufs Festland gezogen waren, besuchten lieber ihn im hippen London, als dass sie auf seinen Besuch auf der Insel warten würden. Der einzige Zweck, warum er hierher zurückkam, war, seine Tante zu besuchen. Zumindest glaubte Roya das. Albert war sich da nicht so sicher.

»Hmm.« Er hätte mehr sagen können. Oder vielmehr irgendetwas Sinnvolleres, doch das schien ihm nicht richtig in diesem Augenblick.

Wieder schwiegen die beiden, tauschen aber einen kurzen Blick. Albert mochte diese stillen Momente, die man nicht mit jedem Menschen erlebte. In denen man sich besser verstanden fühlte, als wenn man dem Gegenüber seine Gefühle und Gedanken mit präzisen Ausführungen verständlich zu machen versuchte. Nein, schweigen konnte man nur mit wenigen Leuten.

Mit seiner Ehefrau, die leider zu früh verstorben war, hatte er dieses stumme Verständnis zum ersten Mal geteilt. Es gab wunderbare Momente mit seinen beiden Söhnen, in denen sie schwiegen und zu einer Art Einheit verschmolzen. Eine, die von außen nicht zu durchbrechen, nicht zu durchschauen war. Mit Roya war diese Art der Kommunikation am ausführlichsten. Das Mädchen besaß eine weise Seele. Albert war überzeugt, ihre Gedanken verbanden sich in dieser Ruhe und lenkten seine in die vernünftigste Richtung.

Wenn er ehrlich zu sich selbst war, kommunizierte er auch mit Rieke Pötter auf eine stille Art. Anders zwar, aber doch. Gepaart mit hochgezogenen Augenbrauen und unterschwelliger Wut, nein, Unzufriedenheit. Auf beiden Seiten.

Er drehte sich erneut zum Fenster, stützte sich auf die mit Büchern vollgestellte Fensterbank und lehnte sie so nah wie möglich an die Scheibe. Sein Atem blieb sekundenlang als undurchsichtiger Nebel daran kleben. An der Außenseite glitten weitere Streifen aus Schneematsch in ihrem einschläfernden Rhythmus hinunter. Die Welt draußen schimmerte in einem funkelnden Goldton. Anzunehmen, dass es die Außenlampen der Pension Köster spiegelte. Aber vielleicht brach sich in den Eiskristallen Riekes Licht.

❄

Albert ging zurück in die Küche. Dort saßen Shonda und Lea immer noch quatschend am Küchentisch, Leas leer gefutterter Adventskalender lag vor ihnen.

»Ma, wenn Kyle nicht kommt, ist es völlig in Ordnung, dass wir seinen AK aufmachen, glaub mir.« Leas Hand lag auf

Shondas Arm und die Hoffnung in ihren Augen, sie zu erweichen, den Adventskalender des Bruders aufmachen zu dürfen.

»Die Schoko wird sonst schlecht.«

»No, it won't!«

»Aber wenn er gar nicht kommt ...«

»Er hat gesagt, er kommt.«

Lea bemerkte Albert und ihre Augen weiteten sich in Erwartung, er würde ihr beipflichten oder ihr zumindest den Kaffee, den sie mittlerweile vor sich stehen hatte, mit Whisky verfeinern.

Er ignorierte die beiden und marschierte stattdessen zielstrebig zum Fenster. Wortlos sah er hinaus. Sah, was er vermutete, und verließ für seine Verhältnisse übereilig den Raum.

Und das Haus. Das war neu.

Aufgeregt wie eine Schar aufgescheuchter Hühner plapperten die beiden Zurückgebliebenen ein Kauderwelsch aus englisch-deutschen Wortfetzen durcheinander. Verschluckten sich fast an den halb ausgesprochenen Vermutungen und Unterstellungen, bevor sie sich gegenseitig zum Fenster schubsten. Ihre hübschen Nasen drückten sie an der Fensterscheibe platt, versuchten zu erkennen, ob Albert endlich das tat, was die beiden ja schon immer gewusst hatten, was er tun sollte.

Stattdessen schlurfte er durch den matschigen Schnee auf dem Weg, der sein Haus von Rieke Pötters trennte, und verschwand hinter der zugeschneiten Düne, die das Petersen-Grundstück von der Pension nebenan abgrenzte.

Shonda und Lea sahen sich völlig entgeistert an und zum ersten Mal seit Stunden wussten sie nichts zu sagen.

KAPITEL 7

Roya

Roya stand an derselben Stelle, an der ihr Opa zuvor gestanden hatte. Ihr Atem beschlug das Fenster und nur mit Mühe hielt sie sich zurück, ein Herz hineinzumalen. Das hatte sie früher immer getan. Wenn sie dann einen Schritt nach links gerutscht war und hindurchsah, erschien *sein* Fenster in dem Herz. Wie dämlich.

Statt sich weiterhin zum Affen zu machen, sah sie ihrem Opa nach, wie er durch den matschigen Schnee davonstapfte.

Untypisch für ihn, um diese Zeit das Haus zu verlassen, doch sie konnte ihn verstehen. Die Trostlosigkeit. Das Grau, das von draußen hineinstarrte, verschlimmerte die Einsamkeit. In einem übervollen Haus war es zu laut für leise Gedanken.

Albert wirkte auf sie, als würde er es Karin verübeln, dass sie ihn mit ihrer Abwesenheit Sorgen bereitet hatte und nun wieder zu Hause war, ohne dass sie eine Erklärung abgab, wo sie gewesen war. Diese widersprüchlichen Gefühle schienen ihn zu verwirren. Dabei war es so einfach.

Opa Albert liebte Rieke Pötter. Sich das einzugestehen war für ihn schlimmer, als diese Gefühle zu unterdrücken. Ihr selbst fiel das viel schwerer. Ihre Liebe zu Jackson zu verdrängen glich dem Versuch, einen luftgefüllten Ball unter Wasser zu drücken.

Roya vermied den obligatorischen Blick zu Jacksons Zimmer und ging in das Bad, das sie sich ab heute wieder mit ihrer Schwester teilen würde. Zuerst stellte sie sich auf den Badewannenrand, um das schmale Fenster darüber zu öffnen und hinauszusehen und ihre Vermutung zu bestätigen, wohin Opa Albert unterwegs war. Wie erwartet, lief er hinter die Pension, in der er manchmal als Hausmeister arbeite, zu seinem Versteck, das nicht so geheim war, wie er annahm. Dann würde er auf seiner üblichen Route weiterwandern und sie würde ihn später einsammeln und zum Abendessen zurückbringen.

Beruhigt, Albert richtig eingeschätzt zu haben, nahm Roya die nächste Aufgabe in Angriff.

Um zu verhindern, dass alle Sachen, an denen sie hing, auf unerklärliche Weise den Weg in Leas Zimmer und am Tag der Abreise in eine ihrer Taschen fanden, suchte sie sie zusammen und brachte sie in Sicherheit. Ein flauschiger fliederfarbener Bademantel, den sie sich von ihrem ersten Gehalt als Aushilfskraft in der Pension gekauft hatte. Einen samtigen Kurz-Pyjama in Hellblau, der für den Winter zu kalt war, und die tropfenförmigen Ohrringe, ein Geschenk von Mama zum letzten Geburtstag. Normalerweise bewahrte sie ihren Schmuck ohnehin in ihrem Zimmer auf. Die wenigen Tiegel Cremes und Körperlotion ließ sie, wo sie waren, ebenso das Duschgel und die Haarpflegeprodukte. Das Einzige, was sie noch entfernte, war der Rasierer, denn obwohl sie ihre Schwester liebte, mochte sie es überhaupt nicht, wenn Lea ihn mitbenutzte. Das war zwar nie vorgekommen, aber ihr durchaus zuzutrauen.

Roya verstaute die Sachen in ihrem Zimmer, räumte die Reste der Einpack-Aktion weg und stopfte die Buchgeschenke in ihren Rucksack und eine weitere Tasche.

Die Tombola fand zwar erst in zwei Tagen statt, doch Frau Hansen, ihre Chefin aus der Buchhandlung, wollte alles frühzeitig zusammen haben. Roya vermutete, sie nutze die Zeit, um die Päckchen zu öffnen und nachzusehen, was die Leute spendeten, um sie auszutauschen, falls sie die Bücher für unangemessen hielt.

Nachdem sich Roya angezogen hatte, verließ sie ihr Zimmer und lief die Treppe hinunter. Kurz überlegte sie, sich an ihrer Mutter und Lea vorbeizuschleichen, denn die beiden lachten so laut, dass sie sie ohnehin nicht hören würden. Zuhören war nicht unbedingt die Stärke der zwei.

Kaum fertig gedacht, überkam Roya das schlechte Gewissen und sie drückte eilig die Türklinke runter, bevor sie es sich anders überlegen konnte.

»And was passierte to the Spanish guy, Lea?« Ihre Mutter sprach mit solch starkem Akzent, als wäre sie erst seit drei Tagen statt knapp drei Jahrzehnten in Deutschland. Das tat sie immer, wenn Lea zurückkam. Oder wenn Lea eine neue Rolle in einem Musical oder Theaterstück ergatterte. Seltsam, dass dieses Phänomen ausblieb, wenn die beiden telefonierten oder sich stritten.

»Ach Ma-ha, das ist doch schon eeewig her!« Leas gedehnter Tonfall verstärkte den Eindruck, dass die beiden sich auch ohne Opa an seinem Whisky bedienten. Und wie Roya bemerkte, ohne den dazugehörigen Tee oder Kaffee.

»*You* wirst nicht schön bleiben forever und jeden Tag *another* bezicken ...«

»Du meinst bezirzen, Ma!«

»Think! An später.«

»Ich werde daran denken.« Lea kicherte. »Später.«

»Du bist the oldest, you musst, setzenhaft sein ... werden ... sesshaft.« Shonda hickste.

»Sexhaft ...« Lea lachte bellend, »das bin ich!«

»In oppo... oppos... zu Roya, langsam ... I'm worried.«

Oh, du lieber Himmel!

Das musste Roya sich nun wirklich nicht geben. Sie ging einen Schritt in die Küche, damit die beiden sie sahen, und rief: »Ich bin dann weg, bis später!«

Wie geahnt, blieben sie ihr eine Antwort oder irgendeine Regung schuldig, obwohl Roya sicher sein konnte, dass die zwei nicht plötzlich erblindet waren. Kurz stand sie vor den beiden und winkte, dann lief sie hinaus in den Flur. Einen Moment erstarrte sie angesichts des Chaos, das vor ihr lag.

»Das hatte ich doch aufgeräumt«, murmelte sie, während sie mit den Augen nach ihren Stiefeln suchte, die sie zuvor an ihren Platz gestellt hatte (genau wie alles andere), die aber jetzt unerklärlicherweise verschwunden waren.

Nach kurzer Suche fand sie einen neben der Tür. Als sie nach dem zweiten Stiefel Ausschau hielt, hörte sie weiterhin die Spekulation der beiden in der Küche. Die Wände waren dünn. Zu dünn, wie Roya schon oft feststellen musste.

»Ach, Quatsch, sie ist Romantikerin, du wirst es ihr an der Nasenspitze ansehen, wenn es sie erwischt, Mama.«

»I know, doch gefällt nobody.«

»Das kommt noch, warte auf den Sommer. Ich habe auch im Sommer ...«

»Noch nicht mal einen *swan* ... Schwan in all those years.«

»Schwarm!« Leas Lachen ließ die Wände vibrieren.

Auf der Suche nach dem Stiefel verdrängte Roya das Gerede aus der Küche zu einem Hintergrundrauschen. Beglückwünschte sich, dass sie ihre Gefühle für Jackson offenkundig gut verheimlichen konnte. Auch wenn es ihr einen Stich versetzte, weil ihre Mutter und Lea all die Jahre über nichts davon mitbekommen hatten, dass sie unsterblich in den Nachbarsjungen, den man absolut nicht mehr als *Jungen* bezeichnen konnte, verliebt war.

Ist.

»Ach verdammt!«

Verärgert, die innere Stimme nicht auch in den Hintergrund drängen zu können, kämpfte Roya sich durch die Sachen, die auf dem Boden verstreut lagen. Fand den zweiten Stiefel unter Leas Jacke und einem türkisfarbenen Pullover, den sie nicht kannte – der das aber ändern wollte, indem er dicke Wollflusen überall verteilte, um sein Revier zu markieren. Auch Socken und Handschuhe in der gleichen Farbe lagen auf dem Haufen. Rund zusammengeknüllt wie Tennisbälle.

Roya streifte den Stiefel über und seufzte. Lust, dieses Chaos erneut aufzuräumen, hatte sie nicht. Weder jetzt noch später nach der Arbeit. *Dem Drittjob.* Außerdem musste sie für ihre Schicht in den Buchladen und hatte jetzt keine Zeit dazu. Sie zog sich die Mütze tief ins Gesicht und hievte den Rucksack mit so viel Schwung auf den Rücken, dass sie fast umgefallen wäre. Die Tasche unter den Arm geklemmt, verließ sie das Haus.

Sollen sie es doch einmal selbst machen. Die Tür krachte hinter ihr ins Schloss. Verlieh dem Gedanken einen Punkt.

Es gefiel ihr, mal rebellisch zu sein, auch wenn sie niemand dabei sah. *Vor allem, weil es keiner sah.* Angesichts ihres Mini-Aufstands, das Chaos im Flur nicht wie sonst beseitigt zu haben, wäre Roya am liebsten durch den Vorgarten gehüpft. Doch da sie nicht mit dem Gesicht voran auf den Ziegelweg aufschlagen wollte, ging sie nur so schnell, wie es der glitschige Untergrund erlaubte.

Damit ihre Gedanken kein weiteres Mal zu Jackson drifteten, eilte sie mit starren Blick an der Pension und den mit Dünengras bewachsenen Sandhügeln vorbei. Den Weg links runter ins Dorf. Konzentriert sah sie sich die Häuser an, an denen sie vorbeikam, und zählte die Fenster, deren Weihnachtsdeko besonders farbenfroh war.

Dieses Jahr war alles bunt. Orange und Blau, gepaart mit dem klassischen Rot und Grün. Vereinzelt hingen lila und pinke Lichterketten in den Fenstern, stinknormale und ausgefallene in der Form von Weihnachtsmännern und Rentieren.

Trotzdem war das nichts im Vergleich zu *Hansens Buch Shop,* hier rief schon seit Wochen alles nach dem großen Fest. Vor allem der Evergreen von *Wham!,* den Roya gern mochte, bevor er eine so persönliche Note bekommen hatte.

Und schon denke ich wieder an Jack, stöhnte sie.

Sie sah hinauf zum grauen Himmel, als könnte der sie vor der Qual des Verliebtseins erlösen. Doch er tat nichts, als weiterhin diese feuchten Flocken herabzuwerfen.

Roya verzog das Gesicht und zwang sich, die bunten Schaufenster von *Hansens Buch Shop* zu betrachten. Ihre Chefin würde sie sicherlich danach fragen, ob die Anordnung der Bücher einen Sinn ergab und ob sie nicht am besten alles wieder umdekorieren sollten. Was sie ohnehin jede Woche zweimal taten.

Mit Päckchen überladene Holzschlitten standen auf einem Haufen Kunstschnee, dazu halb aufgerissene Geschenke, unter denen die neusten Bestseller hervorguckten. Es war eine Heidenarbeit, die Pakete an genau den richtigen Stellen einzureißen, um so viel von den Titeln zu offenbaren, damit potenzielle Käufer neugierig wurden. Von oben baumelten aus Buchseiten selbst gebastelte Sterne und Engel herab. An den Nerven zerrende blinkende Lichterketten umrahmten das Spektakel.

Das Türglöckchen bimmelte über die Weihnachtsmusik hinweg, als Roya eintrat. Im ohnedies schon zu engen Verkaufsraum tummelten sich Touristen mit dicken Rucksäcken auf der Flucht vor dem Wetter. Sie starrten auf die übervollen Regale, tropften den Boden voll und schubsten beim Vorbeischieben kleinere Stapel um. Zur Weihnachtszeit waren nicht nur die deckenhohen Regale bis zum Zusammenbruch bestückt, sondern zusätzlich stellte Frau Hansen Körbe und Schnäppchentische auf, auf denen sie Mängelexemplare für den halben Preis oder günstiger anbot.

Tannengrüne Girlanden schlängelten sich um Tischbeine und verbanden in großen Bögen an der Decke die Regale miteinander. In allen Ecken hingen Mistelzweige, unter denen sich gezwungenermaßen immer irgendwelche Leute aufhielten, auch wenn sie nicht daran dachten, dem britischen Brauch entsprechend einen Kuss auszutauschen.

Inmitten des kleinen Ladens stand ein knapp einen Meter achtzig hoher Weihnachtsbaumalbtraum aus Plastik, behängt mit Lesezeichen, Sternen aus Buchseiten und Glasweihnachtskugeln, in denen Miniaturausgaben einiger Klassiker lagen. Unter dem Ungetüm stapelten sich weitere Pakete, die Frau Hansen seit sechzehn Jahren, seitdem sie den Laden als jüngste

Buchhändlerin Deutschlands von ihren Eltern übernommen hatte, zum Dekorieren benutzte.

Neben der Kasse befand sich ein gestapelter Bücherturm in Form eines weiteren Weihnachtsbaums, zusätzlich geschmückt mit LED-Kerzen. Roya hatte eine kleine Ewigkeit gebraucht, ihn zu errichten, da ihre Chefin immer wieder eines der Bücher herauszog, um es an einer anderen, für sie passenderen Stelle einzuschieben. Er war so instabil, dass Royas Hauptaufgabe darin bestand, ihn am Einsturz zu hindern. Auch jetzt hatte er einen Drang dazu.

Zwischen den Kunden hindurch schob Roya sich zu dem Bücherbaum und rückte ein paar Bücher zurecht, bevor sie sich in den Personalraum verdrückte. Ihre Last stellte sie in eine Ecke und hängte ihren Mantel auf. Den dicken Pullover streifte sie ebenfalls ab, da es Frau Hansen überaus gut meinte mit dem Heizen. Ihr war immer kalt. Manchmal kam die Frau ihr älter vor als Rieke Pötter, dabei war sie gerade mal siebenunddreißig.

»Da bist du ja endlich!«, rief sie Roya zu, kaum hatte die sich zu ihr hinter die Kasse gesellt.

Ein paar Leute in der Schlange warfen Roya einen missbilligenden Blick zu, doch sie nahm diese schweigend hin. Sie würde keine Aufklärungsrunde starten und erzählen, dass sie sogar eine Viertelstunde zu früh dran war und hier lediglich stundenweise arbeitete.

❄

Diese Stunden rannten nur so dahin.

Schneegestöber oder wie Roya es in diesem Fall gerne nannte, *Matschgestöber* trieb die Touristen und ein paar Einheimische in den Buchladen.

Als der Laden sich bis auf wenige Bücherwürmer wieder geleert hatte und Roya die herausgerissenen Exemplare zurück in die Regale räumte, wehte die zarte Stimme ihrer Chefin zu ihr rüber.

»Na, ist Lea wieder da?« Eine rhetorische Frage, schließlich waren die Schwestern zuvor auf ihrem Heimweg vom Hafen am Buchladen vorbeigekommen und hatten hereingewinkt. »Sie kann ja bei der Tombola helfen.«

»Ich frage sie später.«

»Ja, mach das.«

Frau Hansen strich ihr Haar zurück, betrachtete Roya einen Augenblick und dann ging es los mit den Fragen. Unzähligen Fragen zu Leas Karriere und ihrem Leben auf dem Festland. Sie versuchte nicht einmal, es beiläufig klingen zu lassen. Einsilbig antwortete Roya darauf; sie mochte es nicht, über andere Informationen auszuplaudern, auch wenn es Lea nichts ausmachte. Noch mehr liebte ihre Schwester es, alles persönlich zu erzählen.

Dann soll sie das machen, dachte Roya, ihr ging selbst genug im Kopf herum.

Doch ihre Chefin stellte nicht nur Fragen, sondern auch fest. Zum Beispiel, dass es *dort drüben* ein hohes Angebot an Theater und Musicals gab. Wahrscheinlich folgte sie Lea auf *Instagram*, wusste schon längst über deren Rolle und das Stück Bescheid und den Nebenjob im Sonnenstudio. Sowie über das Wetter und die Mietangebote in Hamburg und Umgebung.

Nicht zum ersten Mal fragte Roya sich, ob Frau Hansen mit dem Gedanken spielte, auch aufs Festland überzusiedeln. Was schade wäre, der Buchladen und das dazugehörige Haus waren schon seit Generationen in der Familie der Hansens.

Andererseits konnte Roya ihr den Wunsch, wenn es ihn denn überhaupt gab, nicht verübeln. Dachte sie doch selbst daran.

Außerdem lebte Frau Hansens geschiedener Mann hier auf Baarhoog und immer, wenn die beiden sich begegneten, entstand eine neue Eiszeit. Wenn man Zeuge der Begegnung wurde, suchte man instinktiv das Weite, damit man nicht durch den wachsenden Eisberg zwischen ihnen zerquetscht wurde. Die Leute sprachen darüber, spekulierten, was der Grund für die Trennung gewesen war, doch Frau Hansen und ihr Ex behielten es für sich.

Roya mochte das. Warum alles breittreten und jedem immer alles erzählen, wenn es nur die beiden etwas anging?

Zum Glück erklang das Türglöckchen in diesem Moment und Frau Hansen wurde durch den neuen Kunden abgelenkt. Als das dritte Mal das Glöckchen läutete, war Roya mit dem Bücherbaum fertig und drehte sich im Knien zu dem Regal mit den Krimis.

»Hallo, Jack, bringst du mir die verwaisten Bücher für die Tombola?« Frau Hansen nannte so die Bücher, die die Pensionsgäste zurückgelassen hatten.

Auch das war eine rhetorische Frage, soweit Roya das sehen konnte, hatte er zwei Taschen hereingeschleppt.

Eine Welle, hitzig und sprudelnd, rollte ihren Rücken hinauf. Ließ ihre Haare unangenehm im Nacken an der Haut kleben. Ihr Herzschlag beschleunigte sich, wie bei einer Ungeheuerlichkeit ertappt. Auf Knien rutschte sie tiefer in die Krimiecke, dorthin, wo die seichteren Romane in blutrünstige Psychothriller übergingen. In diese Ecke, die aus drei schmalen, eng beieinanderstehenden Regalen bestand, kauerte sie sich hin und hoffte, nicht bemerkt zu werden.

»Ja, wir hatten relativ viele Bücherwürmer hier dieses Jahr.«

Nur mühsam konnte Roya das aufkeimende Geräusch in ihrer Kehle unterdrücken. Das Seufzen, *endlich, endlich* wieder seine Stimme zu *fühlen*. Wie eine Prise warmen Sands rieselte sie über ihre Haut. Diese samtweiche Klangfarbe, wie geschmolzenes Schokoladeneis. Die Süße, schwer und dunkel, lag leicht rau auf der Zunge.

Zeitgleich durchdrang sie eiskalter Hirnfrost. Diesen stechenden Schmerz seiner Zurückweisung. Seine letzten Worte waren so nichtssagend gewesen. In ihrer Kehle steckte die Sehnsucht, seinen Namen auszusprechen, verknäult mit der bissigen Bemerkung, die ihr langsam auf die Zunge kroch.

Wir?

Als wäre er das Jahr über da gewesen, hätte weiterhin allen Gästen das Gepäck hochgeschleppt und die vergessene Lektüre in deren Räumen gefunden. Seiner Tante geholfen, die Zimmer zu säubern, das Frühstück zuzubereiten. Als wäre er noch immer ein Teil der Pension, der Insel, *ihres Lebens*.

War er aber nicht.

Roya warf einen bösen Blick in seine Richtung, doch wegen des grünen Plastikungetüms konnte er sie nicht sehen. Hoffte sie zumindest.

Ob er überhaupt wusste, wie schwer es gewesen war? Karin war zwar fit wie ein Turnschuh, aber das Gepäck schleppte sie den Gästen trotzdem nicht bis in den dritten Stock hoch.

»Soll ich sie nach hinten bringen?«

Ein heißer Schauer fegte über Roya hinweg, seine Frage drückte sie tiefer in ihr Versteck. Mit geschlossenen Augen wünschte sie sich, nicht zum ersten Mal, kurzerhand zu verschwinden.

»Ach was, lass stehen, du hast sicher zu tun.« Als Jacks ehemalige Babysitterin war die Buchhändlerin stets bemüht, es ihrem Schützling leicht zu machen.

»Ja, habe ich. Bis dann.«

Puh. Und schon war er wieder verschwunden. Um sich zu sammeln, blieb Roya einen weiteren Moment in der Ecke hocken, bevor sie sich aufrappelte.

»Ach, da bist du!«, rief ihre Chefin ihr zu. »Ich dachte, du wärst schon weg.«

Zur Antwort presste Roya die Lippen zusammen.

Davon mal abgesehen, dass sie nie ging, ohne sich zu verabschieden, wie hätte sie es ungesehen durch den Laden zur Tür geschafft? Um das nicht laut auszusprechen und Gefahr zu laufen, sich dabei im Ton zu vergreifen, atmete sie kurz durch, bevor sie antwortete.

»Bin noch da, aber ...«

»Du hast Jack verpasst«, unterbrach Frau Hansen sie mit einem breiten Grinsen auf dem Gesicht, während sie die Ausbeute, die er gebracht hatte, durchsah.

»Nicht mehr lange«, beendete Roya ihren Satz etwas barscher als beabsichtigt und auf Frau Hansens makellos glatter Stirn kam diese eine einzelne Querfalte zum Vorschein, die sich äußerst selten sehen ließ.

»Wann musst du denn los?«

Echt jetzt? Nur mühsam unterdrückte Roya ein Schnaufen.

Seitdem sie hier jobbte, hatten sich ihre Arbeitszeiten nicht geändert. Seit drei Jahren!

Auch nicht nach ihrem Schulabschluss im vergangenen Juli, in dem sie vergebens auf eine Zusage für ein Grafikdesign-Studium in Hamburg gewartet hatte. Auch aus anderen Städten erhielt sie nur Absagen, doch das hatte sie nicht entmutigt. Mittlerweile studierte sie ihren Traumberuf per Fernstudium.

»Wie immer«, presste Roya zwischen den Zähnen hervor und zwang sich zu einem Lächeln, als sie verständnislos angesehen wurde, »um sechs.«

»Ach.« Das Lieblingswort von Frau Hansen. Bedachte man die sprachlich überaus weitläufige Literatur, die sie umgab, könnte man durchaus mehr Wortschatz erwarten. Mit einem Blick auf ihre Armbanduhr zog sie die Augenbrauen hoch und nach einem neuerlichen »Ach« schob sie die Uhrzeit hinterher: »17.53, geh ruhig, es sei denn, du willst Jacks Bücher durchgehen.«

Nur weil er sie hergeschleppt hatte, waren es noch lange nicht *seine* Bücher. Nicht er hatte sie nach dem Putzen aus den

Gästezimmern geholt, sie abgestaubt, sie im Wohnzimmer der Pension in die Regale einsortiert, sie gelesen und für die Tombola aussortiert.

»Nein, ich gehe dann. Ich muss noch was erledigen, bevor es zu Hause das große Kochen gibt.«

»Ihr kocht alle zusammen?«

Was war das in Frau Hansens Stimme? Sehnte sie sich nach einem Essen mit der Familie? War sie einsam?

Eine kalte Schnur knotete Royas Magen zu und automatisch formte Roya die Worte: »Möchten Sie auch kommen?«

Einen Moment herrschte Stille, die nur von der Türglocke unterbrochen wurde. Roya glaubte schon, sie hätte ihre Frage zu leise gestellt, als sie eine Antwort erhielt:

»Ach, das ist lieb, Roya, aber nein!«

»Aber es wäre doch schön, kommen Sie doch um …«

»Quatsch, da störe ich nur. Jetzt geh endlich!«

»Dann sehen wir uns morgen beim Backen mit den Kindern, ja?«

Lachend drehte ihre Chefin sich zur Tür und begrüßte etwas zu überschwänglich, wie es Roya schien, die rotgesichtigen Touristen, hinter denen der Schnee mit hereinwirbelte.

KAPITEL 8

Roya

Draußen war es nach der Hitze im Laden kälter als zuvor.

Roya tauchte tiefer in ihren Schal und stapfte durch den Schnee, der am Wegrand kleine Häufchen formte. Ihr Atem hing in Nebelwolken vor ihrem Gesicht, Tropfen blieben an der Wolle ihres Schals hängen. Blinzelnd versuchte sie sich von den pappigen Schneekristallen zu befreien, die ihre Wimpern zusammenklebten. Der Schein der wenigen Laternen vermischte sich mit dem warmen Schimmer, der aus den Läden auf den Gehweg fiel. Spätestens in einer Stunde schlossen die meisten von ihnen, deshalb beeilte sie sich, zum Blumenladen zu gelangen.

Das geschäftige Treiben im Dorf und auf dem Rest der Insel wurde müder, das Leben verschob sich nach innen, in die Restaurants und die Häuser. Statt die Richtung nach Hause einzuschlagen, ging Roya den schmalen Hügel hinauf zur Kirche. Vorbei an vereinzelten Backsteinhäusern.

Bunter Lichterglanz spiegelte sich in den Flocken, die mittlerweile träge vom Himmel fielen, als wären sie ebenso müde. Langsam legten sie sich schlafen, formten sich zu einer kuscheligen Decke. Roya genoss die Ruhe, die nur ab und zu von Stimmen, Lachen und einem Möwenkreischen unterbrochen wurde. Es waren kaum Leute unterwegs. Schon gar nicht auf dem Weg, den sie einschlug.

Kiesel knirschten unter ihren Stiefeln, das Eisentor quietschte beim Betreten des Kirchhofs. Kaum vier Schritte gegangen, umarmte sie die Stille wieder. Auf den Bäumen und darunter türmten sich kleine Schneehaufen, trügerisch, als wären sie watteweich. An der großen alten Fichte bog sie nach rechts, folgte der lang gezogenen Kurve des Weges.

Er kam in Sicht und sie blieb einen Augenblick stehen. Opa Albert saß vorgebeugt auf der Parkbank, auf der er immer saß, wenn er hier war. Zwischen den Fingern der linken Hand hielt er den Stummel der Zigarre, die er schon seit Jahren genau zu diesem Anlass aus seinem Versteck hinter der Pension holte. Bedacht, sich ihm hörbar zu nähern, damit er nicht erschrak, ließ sie unter ihren Stiefeln Äste knacken, die der Schnee nicht verhüllte. Albert hob den Blick, als Roya näherkam.

»Du weißt, dass ich hier bin.« Er lachte hart auf, fast ein Husten. »Immer.«

In seiner Hand rollte er den Zigarrenstummel, betrachtete ihn mit gerunzelter Stirn, überlegte scheinbar, wie er da hingekommen war. Dann sah er auf das Grab seiner Frau, auf der anderen Seite des schmalen Weges. Er kam immer hierher, wenn er eine wichtige Entscheidung treffen musste.

»In einer Stunde gibt's Abendessen, Opi, ich dachte, du wolltest dabei sein.« Roya drückte ihm einen Kuss auf die kalte Wange.

Alberts Atem roch nach Alkohol, bestimmt hatte er sich in seiner Lieblingskneipe Mut angetrunken. Kommentarlos hielt Roya den gekauften Weihnachtsstern hoch. Sie stellte ihn auf das Grab ihrer Oma, die sie nie kennengelernt hatte.

»Meinst du, der würde ihr gefallen?«

»Hmm.« Albert stand auf. »Ich denke, ja, sie mochte Farben, wie Lea und deine Mutter.«

Er hakte sich bei seiner Enkelin unter und die beiden nahmen stumm den Weg Richtung des nächsten Ausgangs. Nach ein paar Minuten verließen sie den Friedhof auf der Nordseite durch ein weiteres kleines Eisentor, das seinen Unmut über die Bewegung kreischend kundtat.

Dahinter lag unbebauter Grund. Eine großflächige Wiese. Im Sommer ein Flickenteppich aus bunten Blumen, auf denen sich unzählige Schmetterlinge tummelten. Im Winter, wenn es die Nacht hindurch schneite, verhüllte ein silber glänzendes

Zaubertuch die Wiese. Zumindest bevor Kinder die stumme Pracht mit ihren Fußstapfen, Schneeengeln und Schneemenschen verbauten.

Nostalgie überkam Roya. Sie dachte an dieses eine Mal, als sie früh morgens vor dem Feld gestanden und auf die Sonne gewartet hatte, damit Jackson das Foto schießen konnte, bei dem sie ihm assistierte. Sobald er sein Motiv hatte, liefen sie über das Feld. Sie schmissen sich in den Schnee und formten Schneeengel, eine kleine Schneeballschlacht folgte. Da waren sie noch halbe Kinder. Zumindest sie, mit ihren siebzehn Jahren. Und Freunde.

Und jetzt, was waren wir jetzt?

Diese Frage lag wie die dunklen Flecken auf dem Feld, die mehr Raum als die aus Schnee einnahmen. Schatten auf der Suche nach der weißen Ruhe.

Albert und Roya schlugen den Weg ein, der neben der Friedhofsmauer entlangführte. Ein schmaler Pfad, den nur die Einheimischen kannten, der durch die Dünenhügel eine Abkürzung nach Hause bedeutete. Es war dunkel. Die Stille umhüllte sie, als wären sie allein auf der Welt.

Roya blendete ihrer beider Schritte aus, lauschte dem samtweichen Raunen des Windes, beobachtete die dicken Schneeflocken, die langsam zu Boden sanken. Der Weg wurde schmaler, lenkte den Blick auf das, was vor ihnen lag.

Ein Schattenriss vor grauem Hintergrund. Kälte schloss sich um Royas Herz, zog es zusammen, drückte es gegen ihre Kehle. Zwang sie, stehen zu bleiben.

Die Gestalt stand dort mit dem Rücken an die Mauer gelehnt, die Hände tief in den Jackentaschen vergraben. Nur der vorgebeugte Kopf zeugte von seiner stillen Kommunikation mit seinem Vater, dessen Grab sich direkt hinter der Mauer befand.

Im Gegenlicht der wenigen Laternen wirkte Jackson wie ein weiterer Schatten. Stark wie einer der knorrigen Bäume, der sie umgab. Und doch unendlich einsam.

KAPITEL 9

Jackson

Eine kleine Träne bahnte sich den Weg seine Wange hinunter. Strich über seine Haut, wie ein einzelner zarter Finger.

Er spürte ihre Anwesenheit.

Im diffusen Licht wirkte Roya wie ein Geist, eine Seele auf Wanderschaft. Ihr Blick flog ihm entgegen, er empfand es mehr, als dass er es tatsächlich sah. Er kannte den Schmerz in ihren Augen. Die Trauer, die sie für ihn mitempfand, den Kummer, den er ihr bereitete.

Ihr wundervolles Haar schaute unter der Mütze hervor, wehte schwach im Wind. Wie Flügelfedern. Seidenglatt war es, er meinte es immer noch mit seinen Fingerspitzen zu erfühlen.

Der Schatten verbarg den Boden unter ihren Füßen, Roya wirkte, als schwebte sie auf ihn zu. Ein Schritt. Es war nur ein Schritt, den sie auf ihn zumachte. Gewichtslos. Bezeugte ihre Anteilnahme. *Trotzdem.*

Schwer lag die Schuld auf seiner Brust, schnürte ihm die Kehle zu. Das Bild von ihr verschwamm. Jackson wandte den Blick ab, starrte zu Boden. Hoffte und fürchtete gleichermaßen, dass Roya zu ihm in den Schatten treten würde.

Tat sie nicht.

Gut.

Dennoch tat es weh. Brennende Steinchen. Überall in seinem Körper. Noch einmal hob er den Kopf, sah ihr nach, wie sie hinter Albert auf dem schmalen Weg herlief. Am Rand der Wiese entlang, auf der sie einen kleinen Moment stehenblieb.

Ob sie sich erinnerte?

An diesen einen Winter.

Er mit der Kamera in der Hand, die sein Vater ihm zu Weihnachten geschenkt hatte, auf der Suche nach einem Motiv. Die märchenhaft zugeschneiten Bäume, die watteweiche Schneedecke auf der Wiese. Die Sonne, die sich langsam durch die Wolkendecke stahl. Kühle Strahlen brachen durch die Äste der Kiefern. Glitzernde Schneeengel. Ihm war sogar eine Aufnahme gelungen, auf der ihr Schneeball auf ihn zuflog, ihn mit voller Wucht auf der Brust traf.

Das Schönste hatte er aber nicht eingefangen. Roya mit vom Herumtollen erhitztem Gesicht, lachend auf ihn zulaufend.

Wie von Zauberhand fand seine Hand den Weg zu einer ihrer Locken. Sie hatte es nicht einmal gemerkt, dass er sie einfing, um den Finger wickelte.

Ein atemloses Flüstern. »Ich habe dich mitten ins Herz getroffen.«

Sie hatte keine Ahnung, wie wahr ihre Worte waren. Von selbst hatte sich sein Blick auf ihre Lippen gesenkt. Wie gern hätte er sie da schon geküsst.

»Ja, das hast du.«

Das Echo seiner Antwort aus der Vergangenheit folgte ihr über das schneebefleckte Feld. Roya zögerte, als rieselten seine leisen Worte wie die Flocken auf sie nieder. Jacksons Herz strauchelte, ihr Gesicht zuckte in seine Richtung. Erwartungsvoll beobachtete er sie. Roya hielt die Augen geschlossen, wie sie es immer tat, bevor sie eine Entscheidung traf.

Tosend brach die Stille über ihnen zusammen. Er erstickte beinahe an all den Gefühlen, die er hinaus, ihr ins Gesicht brüllen wollte.

Ohne sich noch mal zu ihm umzudrehen, lief sie ihrem Opa hinterher, zurück nach Hause. Weg von ihm.

Jackson konnte es ihr nicht verdenken. Das letzte Jahr stand zwischen ihnen.

Ihr Gesicht erschien ihm. Rot gefärbte Wangen, der Glanz in ihren Augen. Ihr zaghaftes Näherlehnen. Aber er konnte sich nicht mehr an ihr Lächeln erinnern. Nur an den Schmerz in ihrem Blick. Die Erkenntnis, dass alles, was sie riskiert hatte, umsonst gewesen war. Das Verstehen. Das Wissen, dass es kein *wir* gab. Dass alles, was ihr Herz ihm wortlos zuflüsterte, für immer ein Geheimnis bleiben musste.

Könnte Jackson die Zeit zurückdrehen, würde er das tun. Würde sie in seine Arme ziehen, ihr zeigen, was er für sie empfand. Irgendwie schon immer für sie empfunden hatte. Seine Lippen auf ihre pressen, um Missverständnisse im Keim zu ersticken. Stattdessen hatte er sie glauben lassen, dass da nichts war.

Dabei war da so viel.

Dieser Sog, ihr nah zu sein. Stark und unerbittlich. Eine Strömung zwischen ihnen. Er war unfähig, sich ihr zu entziehen. Ihm entglitt die Kraft. Je tiefer er sich hineinbegab, mit jedem Tag, den er nicht mit ihr verbrachte. Die Furcht, darin zu ertrinken, wenn er es tat.

Nach kindlicher Kameradschaft kam die Sehnsucht. Mehr zu erfahren, mehr über ihr Leben, wie sie es sich erträumte. Er suchte immer ihre Nähe. Dort in ihrem Licht war er geborgen. Sie zauberte stets ein Lächeln auf sein Gesicht. Bei ihr fühlte er sich lebendig. Sie erweckte die Sehnsucht in seinem Herzen, seinem Verstand und ja, auch in seinem Körper. Er verspürte den Wunsch nach körperlicher Liebe. Nach dem Erkunden und Erforschen, dem Streicheln und Liebkosen, den Küssen und dem Geküsstwerden.

Es war keine kleine Liebelei unter Freunden, die jedem schon einmal untergekommen war und gegen die man sich erfolgreich wehren konnte. Deren Gefälligkeiten man eventuell mitnahm und vergaß, sobald man sich von der anderen Person entfernte.

Es war bedeutsam. Schwer. Nicht zu vereinbaren. Auch nicht mit seinen beruflichen Wünschen. Mit seinem Leben fernab der Insel.

Doch all seine Gedanken beinhalteten sie, drehten sich um Roya. Es war zu viel, schien ihn zu ersticken. Es wurde unerträglich. Also unterdrückte er das Bedürfnis, mit ihr zusammen zu sein. Widerstand der Versuchung. *Ihr.* Flüchtete von Baarhoog, stürzte sich ins Leben.

Nicht lange. Niemals lang genug. War mehr hier als anderswo. Nach jedem kleinen Auftrag kam er direkt zurück. Wie ein Fischer, der allabendlich in den Hafen zurückkehrte. Schwankend nach den Krisen und dem Leid. Zurückgezogen von der Trosse, gehalten von ihr.

Ein Blick hatte genügt.

Ein Blick in ihre sturmgrauen Augen, in denen all seine Sorgen verschwanden. Ihr Lächeln, das an dieser eine Stelle in seinem Herzen zog, als würde eine Sehne reißen.

Zeitgleich entfachte es diese kleine Melodie, dieses Lied, das er nicht benennen konnte. Dessen Text er nicht kannte, dessen Takt er nicht summen konnte, und dennoch hallte es in ihm nach. Da hatte er gewusst, dass er nicht ohne sie leben konnte. Nicht ohne sie leben *wollte.*

Die Spannung war greifbar, beständig und gehaltvoll. Dunkel lag sie zwischen ihnen. Glimmerte im Schein der Kerzen und in ihren Augen. Fast hätte er nachgegeben. Wäre beinahe dem Lied seines Herzens gefolgt.

Aber es kam ihm falsch vor.

So wandte er sich aus ihrem Zauber. Befreite sich von dem Bedürfnis, sie zu berühren. Ging den einen Schritt zurück. Ein brüderlicher Stups gegen ihre Nase, gegen das Vertrauen. Es hätte nicht viel gefehlt und er hätte aufgeseufzt. Gequält wie der Ausdruck auf ihrem Gesicht. Sein Herz knirschte schmerzhaft, bevor es splitterte.

In ihren Augen hatte er es erkannt. Ihre Liebe, ihr Verhängnis und das zermürbte ihn. Ohne sie davon abzuhalten, hatte er sie sich in ihn verlieben lassen. Schuldiger Verbrecher, schwach wie das ärmste Opfer, das die schmerzhaftesten Verletzungen erleiden musste. Dabei war es doch Liebe.

Es war so schön, geliebt zu werden. Und er wusste, dass er sie beide zutiefst verletzt, sie beide um ihre Unschuld gebracht hatte, als er, statt sie zu küssen, ihrer beider Herzen brach.

Sie sollte froh sein, dass er sie befreit hatte, ihr eine Zukunft ohne ihn schenkte. Im Endeffekt lag es doch an ihm, dass er allein war. Dass ihn niemand lang genug wollte. Dass seine Tante ihn nur erduldete.

Roya hatte etwas Besseres verdient. Doch dass sie irgendwann einen anderen lieben könnte, zerriss ihn. Der Gedanke verfolgte ihn, seit er gegangen war. Zertrümmerte sein Herz, presste es durch den Schredder. Es lag zermalmt in ihrer Hand. Jackson hoffte, sie erlaubte ihm, es wieder zusammenzusetzen.

»Was gibt's morgen bei euch zu essen?«, hatte er gefragt, um sie nicht doch noch zu küssen. Eine belanglose Frage, um zu unterschlagen, nach was es ihm tatsächlich verlangte.

Roya hatte laut eingeatmet. Ihn ungläubig angestarrt, doch anstatt ihn wegzustoßen, nickte sie. Leckte sich mit der Zunge über die trockenen Lippen. Versuchte, den Schmerz hinunterzuschlucken, den er körperlich noch immer spürte. Sie blieb stumm. Zu geschockt, zu getroffen. Nickte erneut. Tränen schwammen in ihren Augen. Er wäre fast in ihnen ertrunken. Mit einem lockeren Spruch gab er vor, dass es ihm nicht auffiel.

Wie Roya damals schloss Jackson die Augen. Dort im Schatten der Friedhofsmauer. Verbannte die Erinnerung. Kehrte ins Hier und Jetzt zurück.

In Gedanken erzählte er seinem Vater von seiner letzten Fotoreise, erklärte ihm, was er als Nächstes plante. Stellte sich dabei vor, wie sein alter Herr ihm endlich einmal zuhörte. Mit Interesse und Fragen, die das bezeugten. Ihm sogar anerkennend auf die Schulter klopfte. Ihm Tipps für sein Vorhaben gab. Zustimmung.

Obwohl Jackson klar war, dass es seine eigenen Gedanken waren, verlieh es dem Augenblick eine beruhigende Wirkung. Dass sein Vorhaben richtig war. Das *einzig* Richtige.

Wärme, wie nach dem ersten Schluck Kaffee am Morgen, breitete sich in seiner Kehle und in seinem Bauch aus.

Jackson stieß sich von der Mauer ab. Blickte zum Himmel, wie Roya es am Nachmittag getan hatte, bevor sie Lea ins Haus gefolgt war. Atmete die eisige Luft tief ein und stieß sie in weißen Wolken wieder aus. Überquerte das Feld, das in der Zwischenzeit fast vollständig unter den Flocken verschwunden war. Nahm den gleichen Weg wie zuvor Albert und Roya. Folgte ihrer Spur im Schnee.

In Gedanken sagte er seinem Vater alles, was er sich ihm nie zu sagen getraut hatte. Ohne Groll, ohne Vorwurf. Schloss damit ab, dass der Mann ihn nicht hatte lieben können. Genau wie seine Mutter.

Seltsam erleichtert schlüpfte er am Ende des Weges durch das Gestrüpp von wild wachsendem Strandroggen in den Garten der Pension. Wie immer blickte Jackson zu dem Heim der Petersens. Zu Royas Fenster, aus dem unabhängig von der Jahreszeit ein warmer Ton herüberschimmerte.

Inzwischen war das Haus in weihnachtlichen Glimmer getaucht. Innerhalb weniger Stunden hatten sie die Deko angebracht, stilvoll reduziert. Kleine Lampen schmückten jedes Fenster, schienen auf den Schnee um ihn herum. Gaben den Anschein, Jackson würde auf weichem Gold laufen.

Am Vordereingang der Pension spähte Jackson durch den üppigen Sanddornstrauch zu ihrem Küchenfenster hin. Lauschte dem Lachen der Familie.

Er hatte ihnen immer gerne zugehört, den Geräuschen von Menschen, die sich liebten und gegenseitig auf die Nerven gingen, bis auch mal Türen knallten.

Wie das ewige Rauschen der Wellen. Mal laut, mal leise, aber niemals verstummt.

KAPITEL 10

Opa Albert

Albert lehnte sich in seinem Stuhl zurück und ließ den Blick über die Gesichter der Familie wandern. Mit glühenden Wangen und glänzenden Augen lauschten sie Leas Erzählungen, die hauptsächlich durch Shondas Einwürfe und Ergänzungen unterbrochen wurden, wie wenn sie bei jeder von Leas Shows anwesend gewesen wäre. Na ja, unterbrechen konnte sie die Tochter faktisch nicht, sie überstimmte sie, um ihre Meinung kundzutun.

Lea, unwillig, der Mutter die familieninterne Bühne zu überlassen, erhob daraufhin die Stimme, um den nächsten Satz eine Oktave höher von sich zu geben. Was dem mehr Dramatik verlieh als angemessen. Wen interessierte schon, ob der erste Beleuchter seinen Einsatz verpasst hatte oder der zweite?

Dieses verbale Kräftemessen war inzwischen eine Art Familienritual geworden. Albert überlegte, ob es den beiden überhaupt auffiel, was sie taten und dass, solange sie es taten, niemand sonst ein Wort von sich gab.

Bei Hannes war das ja nichts Neues. Wortkarg wie immer saß er so nah neben seiner Frau, als sei er mit ihr am Rumpf zusammengewachsen. Er beäugte sie, wahrscheinlich fragte er sich zum millionsten Mal, wer dieses Wesen war und wie es kam, dass es ihn geheiratet hatte. Dabei bewegte er sich nicht. Nur das leichte Zucken an seinem rechten Mundwinkel bezeugte, dass er keine Wachsfigur war. Selten, aber dennoch, verzog er den Mund zu einem Schmunzeln oder bemühte sich, eine Augenbraue zu heben, wenn eine der Geschichten gar zu absurd klang. Dann wanderten seine hellen Augen zu seiner ältesten Tochter, tadelnd legte er den Kopf schief.

All diese Bewegungen unterlagen dem Gesetz der Trägheit. Wie eine gelenkschonende Bewegungsabfolge nach einem schweren Unfall. In Zeitlupe, unter Wasser. Manchmal, aber wirklich nur manchmal, rang Hannes sich ein Schnaufen ab. In den seltensten Fällen, und nur wenn es Hannes überhaupt nicht mehr aushielt, entfloh ihm ein Geräusch, das von einem Tier stammen könnte. Ähnlich einem kurzen tiefen Bellen. Mitunter erkannte man ein Wort, ein *pah, ach* oder *Quatsch*. Aber diesem Gefühlsausbruch musste schon eine völlig irrwitzige Aussage vorausgehen.

Bestenfalls folgte daraufhin eine kurze Verschnaufpause von Leas Beschallung. In dem Fall sah sie ihren Vater verwundert an, als wäre er plötzlich am Tisch erschienen, wie bei einem Zaubertrick. Kichernd schüttelte sie den Kopf, dass die Locken nur so flogen und der lange Ohrbehang sich in ihnen verfing.

»Da brauchst du gar nicht so zu kucken, es stimmt, Pa!«

Je nachdem wie überzeugend sie sich selbst fand, fuhr Lea mit ihrer Geschichte fort. Meistens jedoch wiederholte sie alles, als wären die Anwesenden in der Zwischenzeit senil geworden.

Ab und an gelang es Shonda, bei solchen Unterbrechungen das Wort an sich zu reißen und ihre Tochter zu übertönen. *Übersingen*, wie Albert oft dachte.

Gelang es Shonda, verfiel sie völlig dem weichen schottischen Singsang, der allem, was sie sagte, Würde verlieh. Ohne ins Englische zu rutschen, wie sie es bei dem verbalen Machtkampf mit Lea sonst immer tat, erzählte sie von ihrer Arbeit. Den Massen an Müll, die täglich auf die Insel gespült oder geweht wurden und die sie auf der Suche nach Brauchbarem durchwühlte. Von den Kunst- und Schmuckstücken, die sie daraus fertigte und in ihrem Shop anbot.

»Roya hat mir einen Account auf *Etsy* eingerichtet.«

Alle blickten zu Roya hinüber, die zaghaft lächelte. Die plötzliche Aufmerksamkeit war ihr unangenehm und Albert sah ihr an, dass sie gar nicht mitbekommen hatte, worum die Unterhaltung sich drehte.

»Läuft der Verkauf deiner Designs auf *Etsy* immer noch so gut?«, fragte Lea, als hätte auch sie gespürt, dass Roya unaufmerksam war.

»Genau wie mein Kiefernnadeltee und das Öl.« Das waren die ersten Worte von Henning, Alberts zweitem Sohn, der zwar nicht annähernd so wortkarg wie sein Bruder, doch auch eher von der stillen Sorte war. Wenn Shonda und Lea mit im Raum waren, kam man eh nur selten zu Wort, deshalb bemühte er sich normalerweise auch nicht darum.

Extra wegen der Rückkehr seiner Nichte hatte Henning früher auf seiner Kiefernfarm *Föhrbusken,* am Nordende der Insel, Schluss gemacht. Trotz des Schnees hatte er das Fahrrad genommen, denn der Inselbus, eine Kutsche gezogen von stolzen Friesenpferden, fuhr bei dem Wetter zu dieser Uhrzeit nicht mehr.

Durch die Kälte haftete Henning der typische Geruch seiner Bäume noch stärker an. Ihm selbst schien das völlig schnurz zu sein, fernab seiner Farm wie ein Mentholbonbon zu riechen. Aus diesem Grund waren die Kinder jahrelang davon überzeugt, Onkel Hennings Blut müsse grün sein. Das ließ sich trotz unzähliger Blutabnahmen im Rahmen halbjähriger Blutspenden aber nicht bestätigen.

Alberts Blick wanderte aus dem Fenster, in die nur vom Licht kleiner goldenen Lampen der Lichterketten erhellten Dunkelheit. Kurz fragte er sich, ob Jackson weiterhin beim Sanddorn stand und zu ihnen rübersah. Eine Angewohnheit, die der Junge sich als Kind angeeignet und, wie es schien, nie abgelegt hatte.

Damals war die Pension fast dauerhaft ausgebucht und Jacksons Vater, der weltumreisende Fotojournalist, wieder einmal monatelang unterwegs gewesen.

Als Erwachsener bemühte Jackson sich vermutlich mehr darum, nicht beim Lauschen erwischt zu werden. Trotzdem war Albert sicher, dass Roya ihn gesehen hatte. Und wenn nicht das, dann hatte sie seine Anwesenheit gespürt, so wie es von Anfang an gewesen war.

Früher hatte Kyle seinen Freund dann hereingebeten, ab und zu Shonda, selten eines der Mädchen. Lea war zu unaufmerksam und Roya zu schüchtern, um es selbst zu tun. Sie hatte Albert gebeten und der hatte es immer geschafft, Jackson das Gefühl zu geben, zum richtigen Moment aufgetaucht zu sein, um ihm bei irgendetwas zu helfen.

Ob ein Stuhl zu reparieren oder der Garten umzugraben war. Eine Runde *Kniffel* zu spielen, stand genauso zur Auswahl, wie mit Roya zu puzzeln. Stets war Jackson bemüht, sein Bestes zu geben. Bald hatte Albert die Kinder alleine spielen lassen, wodurch Roya ihre Scheu dem Jungen gegenüber ablegte. Unabhängig von Jacksons Freundschaft zu Kyle entwickelten sie selbst eine, die alle Höhen durchlebte, die eine gute Freundschaft ausmacht.

Zumindest bis zum letzten Winter.

Was war nur passiert?, fragte Albert sich nicht zum ersten Mal und bedachte Roya mit einem kurzen Blick. Sie war noch stiller, hing scheinbar ihren Gedanken nach.

Die zwei müssen miteinander reden, beschloss Albert und dachte an die Begegnung zuvor am Friedhof.

Selbst ihm, als altem Knochen, wie er sich gerne bezeichnete, entging nicht, dass da etwas zwischen den beiden hin- und herschwang. Nicht Kälte, sondern so eine Art Aufflackern. Etwas Unwirkliches, wie in einem dieser Träume, die einem selbst im wachen Zustand nicht völlig losließen.

Albert folgte Royas flüchtigem Blick zum Fenster, während sie aufstand, um den Nachtisch zu holen. Er kniff die Augen zusammen und bemühte sich, irgendetwas zwischen den umherschwirrenden dicken Flocken auszumachen. Da er nichts sah, vermutete er Jackson in der Zwischenzeit in der Pension. Da draußen wäre er sonst mittlerweile zu einem lebendigen Schneemann mutiert.

Unauffällig verschob Albert seine Beobachtung ein paar Meter weiter zu Riekes Haus.

Was sie wohl machte? Ob sie sich, ähnlich wie Jackson, heimlich nach ihnen sehnte? Nach dem Zusammensein, der Wärme und den Geschichten bei Kerzenschein?

Die Lautstärke würde sie kaum vermissen, da sie seit dem Tod ihres Mannes allein lebte. Auch davor war es bei ihnen eher leiser zugegangen. Oder war es genau das? Vermisste sie den Krach? Das Leben?

Wenn ja, konnte er es ihr denn geben? Gerade er, der die Ruhe so schätzte? War es nicht ein Widerspruch, es überhaupt in Erwägung zu ziehen?

»Opa!«, riss ihn da Leas Stimme zurück in seine Küche, »schaust du immer noch, ob Rieke zu Hause ist?«

Bei ihrem kehligen Lachen schnellten alle Blicke zu ihm. Albert verzog den Mund. Nicht zum ersten Mal wünschte er sich, Lea hätte Taktgefühl wie ihre Schwester.

»Sie ist morgen beim Backen dabei«, erklärte Roya und zu Lea gewandt fragte sie: »Du kommst doch mit, oder willst du dich wieder drücken wie beim letzten Mal?«

Augenblicklich lag Leas Aufmerksamkeit auf ihrer Schwester.

»Ich habe mich nicht gedrückt«, verteidigte die sich, »ich war krank.«

»So ein Quatsch, ich habe dich im Dorf gesehen, als ich Eier nachkaufen musste.«

Mit diesen Worten hatte Roya es geschafft, dass sich Shonda in die Unterhaltung einschaltete. Hin- und hergerissen, verteidigte sie ihre Älteste vor der Jüngeren und bemühte sich gleichzeitig, Lea auszuschimpfen.

»Wenn du versprochen hast, beim Backen zu helfen, musst du das auch einhalten! Da kannst du nicht einfach gehen.«

»Ich war in der Apotheke ...«

»Aye, siehst du, Roya, sie musste Medizin holen.« Dabei nickte Shonda, um der Aussage mehr Wahrheit zu verleihen.

Roya sah von ihrer Mutter zu Lea und grinste. »Und du warst in der Buchhandlung.«

Albert liebte Roya besonders, wenn sie widerspenstig war und nicht lockerließ. Ihrer Schwester die Stirn bot, falls die sich aus irgendetwas herauswinden wollte. Um keine Antwort verlegen, gab die gleich Konter.

»Ich musste noch ein Geschenk besorgen.«

»Hier hat keiner ein Buch von dir bekommen«, schaltete sich Henning ein, Hannes saß stumm daneben und schmunzelte.

»Sag du doch auch mal was!« Shonda zerrte an Hannes' Ärmel.

Albert konnte nicht hören, ob sein Sohn antwortete, denn Leas Stimme ertönte, redete über alle hinweg, begleitet durch das Klimpern ihrer Armreife. Flankiert von Shondas plötzlich wieder ins Englisch fallender Stimme.

Kurz wechselte Albert mit Roya einen Blick, den nur Verbündete austauschten. Sie verkniff sich ein Grinsen, holte Luft und schwang sich übermütig in die Diskussion, ob Lea vorsätzlich oder wegen einer Erkältung das letztjährige Backen mit den Kurkindern frühzeitig verlassen hatte.

Eine weitere Welle von an Beschimpfung grenzenden Verbalattacken erforderte ein Schnaufen von Hannes. Eine kurze auf Englisch vorgetragene Schimpftirade seiner Frau folgte. Hennings Versuch, die Wogen zu glätten, endete in einer Runde Kräuterschnaps, um die Gemüter zu beruhigen.

»Kommst du denn jetzt mit oder nicht?«, fragte Roya ungerührt in die daraus resultierende Stille.

Ein zischendes Aufatmen. Doch Roya kannte ihre Schwester, wusste, wie man sie am besten versöhnte.

»Du weißt, dass die Kinder es lieben, deine Geschichten zu hören.« Dabei warf sie ihr eine Kusshand über den Tisch zu und Lea, die ewige Schauspielerin, fing ihn auf und gab vor, ihn zu verspeisen. Laute Schmatzgeräusche untermalten die Einlage, dabei verzog sie so gekonnt das Gesicht, dass alle lachen mussten.

»Ich erzähle und du misst die Zutaten für mich ab.« Lea redete mit einem wie mit Essen vollgestopften Mund.

»Klar. Ich habe auch meine Chefin dazu gebeten, sie macht einen ziemlich einsamen Eindruck.« Bei den Worten warf Roya Albert einen kurzen Blick zu.

Sie konnte zwar nicht wissen, dass er das Gleiche über Rieke dachte, aber die Meldung war angekommen.

Lea täuschte vor, mit dem Fingernagel Nahrungsreste aus ihren Zähnen zu pulen. Anschließend spülte sie das imaginäre Essen hastig mit dem Kräuterschnaps herunter.

»Wow, der ist echt heftig.« Sie wischte sich über die Augen, »da wird mir gleich warm.« Sie hustete und zog sich den dicken flauschigen Pullover aus, während sie zur Tür stolperte.

Shonda nutzte die Gelegenheit, um auf die Toilette zu sprinten, und Roya, um den Tisch abzuräumen. Die Männer wollten helfen, wie sie es in dieser Familie immer taten, doch sie winkte ab. Hannes schenkte die Getränke nach, Henning berichtete von seinem Tag mit seinen Bäumen.

Albert sah wieder zum Fenster hinaus. In den immer dichteren Flockenfall.

Ruhe senkte sich mit Erkenntnis auf seine Schultern. Streifte Zweifel ab. Umhüllte ihn zeitgleich mit Leichtigkeit. Wie eine Schneeflocke, die man in der Hand hielt, bezaubernd in ihrer Beschaffenheit. Obwohl sie schmolz, war da diese Wahrheit, sie kurz gehalten zu haben. Ein flüchtiges Glück. Der Beginn einer Erinnerung.

KAPITEL 11

Roya

Die Vorstellung, durch ein Flockenmeer zu schwimmen, wie Lea die 50 Zentimeter Neuschnee nannte, gefiel Roya. In dem Moment, als sie das Haus verließen, beschlossen die Flocken etwas gemächlicher umherzufliegen, bevor sie sich auf die Schneedecke niederließen.

»Herrlich, oder? Wie in einem Märchen, alles weit und breit ist voller Schnee, weißt du, wir könnten später eine Schneeballschlacht veranstalten und mit den Kindern Schneeleute bauen.« Lea hüpfte in die Pension.

»Na, ihr zwei«, begrüßte Karin die beiden mit hochgezogener Augenbraue im Flur. Hinter ihr ein paar Kinder. Dreizehn kamen vom Eltern-Kind-Kurhaus, die so lange beschäftigt werden wollten, bis ihre Eltern und Mitarbeiter Gelegenheit hatten, alles für das Weihnachtsfest vorzubereiten.

»Die beiden hier sind Mia und Ben«, erklärte Karin mit einer vagen Handbewegung in die Richtung von zwei Kindern, die etwas abseits standen. »Sie wollten abreisen, aber wegen des Wetters wurden die Fähren gestrichen.«

Außerdem wollten die beiden Kinder lieber Plätzchen backen, statt mit ihren Eltern am Hafen nach einer Lösung zu suchen.

»Wir sind Lea und Roya.«

Ein lautes Hallo rollte durch die Halle.

»Könnt ihr mit den Kindern oben im zweiten Stock Hände waschen, damit es pünktlich losgeht!«

Es gab kein vergessenes Fragezeichen, denn es handelte sich nicht um eine Frage, sondern eine Aufgabe, die es zu erledigen galt. So war Karin. Effizient und klar in ihren Anweisungen, die sie gerne wie Fragen klingen ließ, bei denen sie aber grundsätzlich das Fragezeichen durch ein Ausrufungszeichen ersetzte. So wurden sie zu Befehlen. Nie hielt sie sich lange mit Begrüßungen, Abschieden oder unnötiger Konversation auf, zu der auch Danke und Bitte gehörten.

Es ist sicherlich nicht leicht, mit ihr zu leben, überlegte Roya und schloss sofort genervt die Augen, weil sie schon wieder Jackson in ihre Gedanken ließ.

»Na logo, wer will mit mir eine Wasserschlacht veranstalten?«, rief Lea. Kaum ausgesprochen, liefen die Kinder polternd die Treppe hinter Lea hoch.

»Sie kann so gut mit Kindern«, stellte Roya lächelnd fest, doch der leere Flur enthielt sich einer Antwort.

Nein, mit Karin war es auf keinen Fall leicht.

❋

Aufgeregt, wie sie waren, hinterließen die Kinder ein ziemliches Chaos in den beiden Bädern, die Roya alleine aufräumte. Ihre Schwester hielt sich für ungeeignet, es Karin recht zu machen.

»Wer weiß, was Killer-Karin mit mir anstellt, wenn ich die Handtücher in den falschen Korb lege?« Ein Spitzname, den sie schon als Kind benutzt hatte; Karin konnte so fies kucken wie keine andere. »Du arbeitest hier und kennst sie besser.«

Das war eine Tatsache, gegen die Roya nichts vorbringen konnte.

Lea drückte Roya kurz an sich und zog dann die Kinder hinter sich her in die Küche, dabei machte sie Geräusche wie eine alte Dampflok, die eine schwere Last zu ziehen hatte.

Lachen rauschte durch das Haus.

Roya beeilte sich, aufzuräumen und die beiden Waschbecken und den Boden trocken zu rubbeln. Vor Vorfreude auf das Backen, lief sie den Flur im zweiten Stock entlang zur Hintertreppe, die direkt hinunter in die Küche führte. Schwungvoll nahm sie die Stufen, schlitterte auf halbem Weg den schmalen Treppenabsatz im ersten Stock entlang und wäre fast über ihre eigenen Füße gestolpert, da ohne Vorwarnung Jackson von links kam und die Treppe nach unten nahm.

Als er sie bemerkte, blieb er auf der obersten Stufe stehen und drehte sich leicht lächelnd zu ihr um. »Hey, Kleine.«

Seine Stimme klang rau wie Royas Pulli, der am Hals zu kratzen begann.

»Was machst du denn hier?« Das Entsetzen schwang bei jedem ihrer Worte mit und verstärkte sich, während die Hitze in ihre Wangen stieg.

Er lachte.

Vermutlich über meinen Anblick, dachte Roya, analysierte aber sofort seinen Tonfall.

Gehaltvoll und ein wenig heiser. Der Klang ließ diese nervösen Schmetterlinge in ihrem Magen aufschweben und kitzelte ihr Herz an der Unterseite. In diesem Moment hasste Roya ihn ein klein wenig, da Jackson gar nicht verstand, was er ihr mit dieser Stimme antat.

Amüsiert verzog er das Gesicht. »Das ist mein Haus, *Chimney,* ich wohne hier.«

Aha, waren wir wieder bei Chimney angekommen. Roya vermutete, dass er mit dem lockeren Spruch nur von der Begegnung beim Friedhof ablenken wollte.

Na schön, dachte sie und reckte das Kinn.

Obwohl sie eine Stufe über ihm stand, reichte sie Jackson nur bis zu seinem. Eine Tatsache, die sie früher, in ihren romantisch verknoteten Hirnwindungen, anziehend fand. Jetzt empfand sie es als eine weitere Erniedrigung.

Würde er ihr wieder auf die Nasenspitze tippen?

Diese Geste war eine Erinnerung an die schlimmste Tatsache: Jackson sah sie immer noch als Kind, dabei war er gerade mal fünf Jahre älter. Wenn er nur mit der Hand in die Richtung ihrer Nase zucken würde, würde sie ihn die restliche Treppe hinunterschupsen!

Was sie selbstverständlich niemals tun würde, aber die Vorstellung besänftigte sie schon.

»Ich hätte nur nicht gedacht, dass du dich als Bäcker versuchst, Großer.« Roya imitierte seinen leichten Ton, hatte aber nicht den blassesten Schimmer, ob er die Bemühung, die Stimmung zwischen ihnen um ein paar Grad zu erwärmen, überhaupt zu würdigen wusste.

»Tu ich nicht. Karin sagte, sie brauche mich, um Zeug aus Regalen zu holen.«

Er zuckte die Schultern und legte den Kopf schräg. Bei der Bewegung rutschte ihm eine Strähne seines dunklen Haars in die Stirn, er kämmte sie mit gespreizten Fingern zurück, als wollte er sich daran festklammern.

Eine Geste, die Roya so unwiderstehlich fand, wie sein Gesicht aus der Nähe zu betrachten.

Immer noch.

Wie ärgerlich das war, zeigte sie in einem Schnaufen.

»Es sei zu gefährlich für die Kids, eine Leiter zu benutzen.«

War es seine Absicht, in diesem spröden Ton zu reden, der ihr einen warmen Schauer über den Rücken jagte? Waren seine Worte eine weitere Neckerei, um ihr zu sagen, dass sie zu *kurz* war, um an die oberen Schränke und Regale heranzureichen? Was konnte sie dafür, dass er so ein Riese und sie nur einen Meter neunundfünfzig groß war?

Einen Meter neunundfünfzig einhalb.

Na ja, fast.

»Bemüh dich nicht, es gibt Trittleitern und Hocker.« Sie lief in einem Bogen um ihn herum und weiter die Treppe hinab, doch er hielt mit ihr Schritt.

»Ich weiß. Ich kenn mich hier aus.« Spöttisch zog er die Augenbrauen hoch. »Weißt du, *Shortbread*«, er betonte *short* auf diese spezielle Art, die ihren Magen verknotete, »ich bin hier aufgewachsen.«

»Als könnte ich das vergessen«, murmelte Roya und drängelte sich an ihm vorbei, seine Nähe war ihr zu viel. Und der holzige Duft seines Aftershaves.

»Du wirkst gestresst. Ist was passiert?«

Ja, du!, hätte sie ihm am liebsten entgegengeschleudert, tat es aber nicht.

Jackson verzog das Gesicht, als spürte er das Klatschen, mit dem diese Worte in ihrem Hirn hin- und herschnellten. Sein hinreißendes Schmunzeln folgte, doch sie sträubte sich, sich davon einwickeln zu lassen. Roya wich weiter an die Wand, als wäre die Treppe zu schmal für sie beide.

»Vielleicht lenkt das Backen dich ab.«

Hoffentlich von dir. Missmutig bedachte sie ihn mit einem Blick, der ihm zeigen sollte, was sie dachte.

»Von deinem ...«, er machte eine Handbewegung in ihre Richtung, die alles Mögliche bedeuten konnte. Mit Resignation in der Stimme fügte er hinzu: »... was immer du hast.«

Roya versuchte, ihn zu ignorieren, ebenso seine Worte, schaffte es aber nur noch über die letzte Stufe. Ruckartig drehte sie sich zu ihm um.

»Was *ich* habe?«, fuhr sie ihn an, »ich habe gar nichts!«

»Du benimmst dich so ...«

»Seltsam. Meinst du das?« Unwillkürlich ging sie einen Schritt auf ihn zu und er trat einen halben Schritt zurück. »Du hast Nerven, so etwas zu sagen, Jack!«

»Ich habe nicht ...«

»Ich bin nicht diejenige, die letztes Weihnachten einfach verschwunden ist.«

»Na, komm schon«, unterbrach er ihren Ausbruch sanft und berührte ebenso leicht ihren Arm, »du wusstest, dass ich abreisen würde.«

Roya klammerte das Kribbeln aus, das ihren Arm und weiter ihren Hals hinauflief, um sich dann in ihren Wangen einzunisten. Sie blendete seinen zerknirschten Blick aus, der viel mehr zu sagen schien als sein Mund. Dieser hübsche, leicht nach oben gebogene Mund.

Oh, Mann.

Wollte er die Sache, die zwischen ihnen *nicht* passiert war, unter die Decke des Schweigens schieben? Oder hatte er ihre Erwartung auf einen Kuss gar nicht bemerkt? Was aber das Schlimmste wäre: Hatte er *es*, diese Spannung, dieses Knistern zwischen ihnen, problemlos vergessen? Oder nie gespürt? War das alles doch nur ein Hirngespinst?

»Ich hatte diesen großen Auftrag.« Zur Betonung, dass sie eine Idiotin war, zog er den linken Mundwinkel hoch.

Es brannte in ihrer Kehle wie Salzwasser in einer frisch aufgeschürften Wunde.

»Stimmt.« Roya zuckte leicht zusammen, so laut und deutlich sprang das Wort hinaus und prallte an den Wänden um sie herum ab.

Ihr Gesicht glühte umso mehr, da sich diese greifbare Stille über sie beide legte und sie darin einhüllte wie feuchtkalter Nebel. Sein Blick bohrte sich in ihren. In ihrem Bauch begann die Kernschmelze. Eilig drehte sie sich weg und trat durch die Schwingtür in die Pensionsküche.

Sie rannte gegen eine Wand.

In ihrem Zustand wäre ihr die Hitze, die ihr entgegenschlug, kaum aufgefallen, doch das laute Durcheinanderrufen der Kinder, nur übertroffen durch Leas Gesang, zerrten an ihren Trommelfellen wie kreischende Räder eines Güterzugs.

Die Kleinen drängten sich alle um ihre Schwester, überbrüllten sich gegenseitig mit ihren Wünschen für ein anderes Lied. Sie zogen an Leas Hand, um die Fotos auf ihrem Smartphone besser zu sehen, die Lea und Kolleginnen, geschminkt und in Kostüm, zeigten.

»Das wird sicher lustig.«

Bei Jacksons geraunten Worten sprang Roya zur Seite, als hätte er sie mit einem Finger in die Rippen gepikt. Das hatte er zumindest früher immer getan, um sie zu necken.

Damals, ermahnte sich Roya und grüßte Rieke, die im Gegensatz zu Alberts Befürchtungen, sie würde verletzt in einer Dünenmulde liegen, sich einen ausgiebigen Termin bei der Kosmetikerin gegönnt hatte.

»Na, sind meine Hände nicht hübsch geworden?« Rieke zeigte Roya die kunstvoll bemalten Fingernägel, bevor sie ihr eine Schürze reichte.

Die streifte sie gleich über, um dann zu merken, dass sie noch ihren Pullover trug. Dafür war es definitiv zu warm. Kaum aus Wolle und Massen an Haar befreit, band sie sich erst die dicken Strähnen zum Knoten und streifte dann die Schürze über.

Versuche, die Schleife auf ihrem Rücken zuzubinden, waren ein schweres Unterfangen. Royas Finger formten irgendetwas, nur keine Schlaufen, verharrten nach einem weiteren Versuch auf dem Knoten und verweigerten völlig ihren Dienst.

Sie hatte den Blick schweifen lassen.

Sah, wie Jackson die Ärmel seines Pullis hochkrempelte.

Roya starrte ihn an. Auf seine Unterarme. Er hatte außergewöhnlich schöne Unterarme. Lang und muskulös wie seine Finger, die perfekt zum Rest von ihm passten. Von seiner Arbeit mit schwerer Fotoausrüstung gekräftigt, spielten die Sehnen unter der Haut zu einer ihr unbekannten Melodie.

Meine Güte, stöhnte sie stumm. Die Hitze in ihren Wangen verstärkte sich.

Ignorier ihn, ignorier ihn.

Vor ihrem inneren Auge erschien ein Bild, wie sich diese schönen Arme um sie legten.

So viel zum Ignorieren.

Energisch schob sie den Gedanken beiseite, drückte auf einer imaginären Fernbedienung Reset, obwohl es wenig half. Wie Sterne, die sich in die Netzhaut brennen, wenn man zu lange auf glitzernden Schnee starrt. Sie blinzelte, als würde das irgendetwas nutzen, und fragte Karin, was ihre Aufgabe sei. Sie brauchte Ablenkung.

»Die Kinder und Rieke waren fleißig, jeder hat schon einen Platz.« Sie deutete auf die Kücheninsel, wo Lea Stellung bezogen hatte, und den Tisch, der von der Wand weggeschoben quer im Raum stand.

Es lagen auf Platzdeckchen Löffel und Schneebesen in verschiedenen Größen neben Sieben und Teigrollen. Waagen, Messbecher, Rührschüsseln standen bereit und auf kleinen Tellern ausgepackte Butterstücke. Damit es keinen Streit gab, lagen überall die gleichen Ausstechförmchen.

Wie Jackson schon erwähnt hatte, bat, nein, verlangte Karin die Backzutaten aus den oberen Regalen.

Roya wollte, aber konnte nicht wegschauen. Er griff nach der Drei-Kilo-Dose Zucker. Das würde als Begründung reichen. Zumindest, falls sie jemandem ihr Verhalten erklären müsste.

Jacksons enger Pullover dehnte sich über seinen Schultern und Oberarmen. Scheinbar war es ein alter Pulli aus seiner Jugend oder er war zu heiß gewaschen worden. Nur deswegen starrte Roya immer noch. In Erwartung, dass der Stoff reißen würde. Ihr Magen verkrampfte sich. Für einen beängstigenden, aber glücklicherweise extrem kurzen Augenblick fragte sie sich, wie diese Muskeln aussahen, wenn kein Stoff sie verdeckte.

Leise seufzend verdrehte sie die Augen. An so etwas hatte sie bisher keine sinnlosen Tagträume verschwendet. Doch nun war es passiert und der Gedanke an seine nackten Schultern und Arme ließ sich nicht mehr löschen.

Es wurde schlimmer, als er Gläser mit Vanillestangen und Nelken von einem zweiten Regal herunterholte, das so weit oben hing, dass selbst der eins dreiundneunzig große Mann sich dafür strecken musste. Dabei rutschte sein Pulli hoch und legte einen kleinen Streifen Haut zwischen Saum und Hosenbund frei.

Andere Ideen fluteten Royas Kopf und die Hitze implodierte in ihren Wangen. Feurige Ausläufer glitten über ihren Körper.

»Jetzt kann ich in *mir* Plätzchen backen«, murmelte sie und schnaufte erleichtert auf, als Karin sie aus ihrer ungewollten Verzückung riss.

»Die Kinder sind in Dreiergrüppchen eingeteilt. Alle sollen die gleichen Plätzchen backen, nur die Reihenfolge überlass ich euch.«

»Wie nett von dir«, war Jacksons Beitrag dazu, der ihm einen eisigen Blick seiner Tante einbrachte.

Er sah über seine Schulter, als wollte er Royas Reaktion prüfen. Ihre Blicke trafen sich. Sie nickte ihm fast unmerklich zu und der Ausdruck in seinen Augen weichte auf.

In dieser Sekunde wusste sie, dass das aufgeribbelte Band zwischen ihnen sich langsam neu verflocht.

Vielleicht können wir wieder Freunde sein.

Ein Augenblick verstrich. Bevor Jackson sich wegdrehte, lächelte er sie an. Das heizte die Flammen in ihrem Gesicht weiter auf.

Na super.

Während Karin Anweisungen im Befehlston eines alten Fischers gab, der den letzten Fang des Tages vor einem heranrückenden Sturm hereinholen wollte, lief Roya direkt in Riekes wissenden Blick. Wenn Roya mit dem Kopf voran die Temperatur im Ofen geprüft hätte, wären ihre Wangen genauso heiß geworden. Sie biss sich auf die Unterlippe, um nicht mit den tausend Stellungnahmen zu ihrem Geisteszustand herauszuplatzen, die sich in ihrem Kopf bildeten. Wortlos ging sie zu dem

Platz neben ihrer Schwester, wo die Kinder schon ungeduldig warteten.

Roya blendete alles aus und konzentrierte sich auf ihre Aufgabe. Wiederholte die Namen der Kinder, die ihr zugeteilt waren. Etwas zu übergenau erklärte sie ihnen und denen in Leas Gruppe, wie man Mehl, Zucker und Butter abmaß, und ließ sie entscheiden, wer das als Erstes ausprobieren durfte. Danach stimmten sie ab, ob sie lieber Vanille oder Zitronenabrieb untermischen wollten.

Leas zimtduftende Samtstimme, die das altbekannte Backlied in verschiedenen Sprachen zum Besten gab, untermalte das Ganze. Tanzende Riesenflocken vor halb zugeschneiten Fenstern verliehen dem Treiben in der Küche einen verträumten Unterton.

Roya entspannte sich immer mehr. Half der kleinen Mia bei der Aufgabe, das Mehl zu sieben, las das Rezept einmal laut vor und fragte die Kinder anschließend, was als Nächstes drankam. Sie kicherten über ihre Verwirrung, doch die war nicht gespielt.

Ihre Aufmerksamkeit wurde direkt zu Jackson umgeleitet, angezogen von seiner Stimme. Vage fragte sie sich, warum er noch da war, und hob so beiläufig wie möglich den Kopf.

»So nett, dass du für die Hansen einspringst«, meinte Rieke eben zu ihm, mit einem missbilligenden Blick zu Karin, die das scheinbar als selbstverständlich erachtete.

»Ja, so ist er«, seufzte Roya, über die postwendend eine heiße Ertapptwelle hinwegbrauste. In der Hoffnung, ihr Selbstgespräch leise genug geführt zu haben, schielte sie zu ihrer Schwester.

Vertieft in das Grundrezept der Plätzchen, knetete Lea ihren Nacken und sah dabei fast so verzweifelt aus wie Jack.

»Sing was«, forderten die Kinder und Roya beobachtete fasziniert, wie Lea umschaltete. Ein gedimmtes Licht wurde auf volle Leistung gedreht. Von weggetreten auf Showgirl. Ihr Lächeln wurde breiter.

»Nur wenn ihr laut mitsingt.« Gesang erklang und wurde vom Lachen von der anderen Seite des Raums untermalt.

Roya sah zu Jack.

Die Mädchen und Jungen rund um den Tisch kicherten über seine unbeholfene Art, Zucker abzumessen. Dabei klemmte seine Unterlippe zwischen seinen Zähnen. Sein grauer Pullover war mit Mehl bestäubt. Die Stirn in Falten gelegt, entwickelten seine Augenbrauen ein Eigenleben. So sah er immer aus, wenn er sich die höchste Mühe gab. Verrutscht war die Maske der Kontrolle.

Roya unterdrückte ein Seufzen.

Völlig versunken in seinem Anblick, dem Muskelspiel seiner Unterarme, die Bewegung seiner langen Finger, hörte sie Karin nicht sofort, die sie an den Tisch rief.

»Bitte kümmere dich um das.« Mehr sagte sie nicht, dafür ihr Blick, der kritisch auf Jackson ruhte.

»Das wäre echt nett.« Seine Mundwinkel zuckten nach oben.

Verbunden mit einem unsichtbaren Band, zog es zeitgleich Royas Magen nach oben, um ihn sofort wieder hinunterplumpsen zu lassen, weswegen diese dämlichen Schmetterlinge in ihrem Bauch nur so herumflatterten.

Er hob seinen Blick ihr entgegen. »Bitte, Roya.«

Klar, in der Art wie er ihren Namen aussprach, glühte sie wieder. Wie ihre Nachttischlampe, wenn sie beim nächtlichen Lesemarathon einschlief und erst spät am nächsten Morgen erwachte. Doch sie war durchaus fähig, ihre Gefühle zu verbergen, gab vor, es wäre für sie überhaupt kein Problem. »Okay.«

Sie ging um den Tisch herum, begrüßte die Kinder und fragte mehrmals nach deren Namen, um sich zu beschäftigen. Unauffällig säuberte sie dabei Jacksons Arbeitsplatz und machte sich ein Bild über die Lage.

»Danke.«

Diese Tiefen seiner Stimme vibrierten in ihrem Inneren nach und schickten eine Gänsehaut über ihre Arme. Kurz sah sie zu ihm hoch. Tannengrüne Augen, geborgen in einem Wald von dunklen Wimpern.

Warum sah er sie so an? Wie wenn er mehr meinte, als er sagte.

Ignorieren! Genau. Blinzelnd senkte sie den Blick.

»Was brauchen wir?«, fragte sie die Kinder, die prompt die Zutaten aufzählten. Roya lehnte sich zu dem Leisesten von ihnen und fragte den Jungen noch mal, als hätte sie die anderen nicht gehört.

»Eier«, flüsterte er.

»Eier, Jack«, gab sie den Auftrag weiter, ohne Jackson dabei anzusehen.

Fast zeitgleich ertönte Karins Stimme. »Ihr seid im Verzug.«

Daraufhin zählte Roya betont langsam die Eier ab, die Jackson ihr reichte, und half jedem Kind, eins in die Schüssel zu geben. Jackson gluckste kurz, sagte aber nichts.

Roya beobachtete ihn unauffällig. Er schien zerstreut, ein wenig nervös, etwas zu verbissen in seiner Arbeit. Mit Sicherheit konnte er diese Angewohnheit seiner Tante gegenüber schwer abstreifen. Liebend gern hätte Roya ihm den Arm gedrückt.

Doch so war es zwischen ihnen nicht mehr.

Er atmete genervt aus, als das Ei in seiner Hand zerbrach, bevor er es über die Schüssel halten konnte, und es stattdessen auf dem Boden landete.

Zeitgleich schnappten sich die beiden ein Stück Küchenpapier, bückten sich und stießen mit den Schultern aneinander. Royas Herz erzitterte.

»Ich mach das schon.« Sie entzog ihm sein Tuch und schob die Eimasse zusammen, schaffte es aber nicht, sie aufnehmen.

Jackson lehnte sich näher. Sein holziger Duft, intensiver durch die Hitze in der Küche, schwappte über sie. Die Stimmen der anderen verschwanden in den Hintergrund. Roya nahm ihren Herzschlag überdeutlich wahr.

»Es ist meine Schuld.« Seine Stimme klang eigenartig. Viel zu ernst für ein zerbrochenes Ei.

Um sicherzugehen, dass sie sich das nicht einbildete, sah sie hoch. Seine Augen, die in diesem Moment dunkler wirkten, musterten sie. Blieben an ihrem Mund hängen.

Das bildete sie sich definitiv nur ein.

Sein Atem wehte über ihre Lippen. Sie öffnete sie, als wäre das ein geheimer Code. Sie sprach nicht. Stattdessen atmete sie die volle Ladung Jackson ein. *Jackson-Duft*, vermischt mit einen Hauch von Butter. Nicht Karamell.

Er war ihr nah. Zu nah. So nah wie damals. Funken sprühten durch die Luft. Eine erneute Hitzewelle stieg auf, ein Stechen flog von ihrem Bauch zu ihrem Herzen. Zerrte daran herum. Durch ihre Gedanken schwebte leise ein *Lass mich los.*

»Bäh, Roya, da ist Schale drin!«, schrie Mia, als wäre ein ekliges Krabbeltier aus dem Garten in ihren Teig gefallen.

Roya schnellte hoch, drehte sich im Schwanken zu ihr um, wie bei einer lang einstudierten Pirouette.

Nur am Rande bemerkte sie, dass Jackson sich ein weiteres Tuch von der Rolle riss, sein Missgeschick wegputzte und mit den Kindern darüber scherzte. Sie hörte die Stimmen wie unter Wasser getaucht. Unscharf und weit weg. Karin sagte etwas, doch die Worte vernahm Roya nur gedämpft. In ihrem Kopf dröhnte ihr Herzschlag wie der dumpfe Bass eines Rapsongs.

Ohne dass sie es bewusst mitbekam, wurde der Teig vermischt, zu Kugeln geformt und zum Kühlen in den riesigen Kühlschrank gelegt, was mit Karins »Na endlich« kommentiert wurde.

Es war keine Flucht, als Roya zu ihrer Schwester eilte. Vielmehr hinderte sie Lea daran, sich vor dem Aufräumen nach der ersten Runde zu drücken.

»Hey, Sis, du kennst doch so ein Aufräumlied.« Das begeisterte Kreischen der Kleinen hielt ihre Schwester davon ab, zu verschwinden.

Lea stupste Roya mit dem Ellenbogen an und kniff die Augen zusammen. »Eins zu null für dich, Kleene.«

Um sich drehend, brachte Lea die Kinder dazu, die gebrauchten Utensilien zur Spüle zu tragen. Dabei sang sie ein selbst kreiertes Aufräumlied.

Mehl und Zucker wurden aufgekehrt, verschüttete Milch und Butter, die an Schubladen klebte, weggewischt. Stücke von Eierschale aus Haaren gezupft. Backpapier und Bleche für die nächste Runde zurechtgelegt, Teigrollen bemehlt.

Jackson half den Kindern ebenfalls beim Aufräumen und verließ zum Händewaschen mit seiner Truppe die Küche, ohne Roya noch einmal anzusehen.

Enttäuschung machte sich in ihr breit. Als hätte er ihr ein Versprechen gegeben und es nicht gehalten.

KAPITEL 12

Jackson

Fortlaufend hatte Karin Roya zu ihm geschickt, da er laut ihrer Aussage trotz seines kreativen Berufs unfähig war, Teig auszustechen und zu dekorieren. Seine Tätigkeit beschränkte sich seitdem darauf, Lebensmittelfarbe mit Zuckerguss zu vermischen und sie auf Plätzchen zu klecksen. Von den Kindern wurden sie garniert mit bunten Perlen und Zuckersternchen. Davon landeten mehr in ihren Mündern als auf den Keksen.

»Nicht so viel naschen«, schimpfte Roya lachend und zerzauste einem der Jungs die Haare, bevor sie sich bückte, um einen heruntergefallenen Löffel aufzuheben.

Ihr Hals neigte sich dabei in einem anmutigen Bogen leicht nach vorn. Auf ihrem Nacken ruhte eine Locke, die Jackson mit seinem kleinen Finger zur Seite schieben wollte. In Gedanken presste er seinen Mund auf die zarte Stelle darunter.

»Es ist aber so lecker«, maulten die Kinder, »findet Jack auch!« Räuspernd stimmte er ihnen zu.

Lächelnd blickte Roya zu ihm auf, senkte aber sofort die Augen. Vielleicht war ihr wieder eingefallen, dass sie sauer auf ihn war. Ihre Wangen verfärbten sich. Was er absolut hinreißend fand, schließlich kannten sie sich schon ewig.

Jackson hatte Tage und Nächte mit ihr und ihren Geschwistern verbracht, sogar bei ihnen übernachtet. Sie kannte ihn besser als sein Freund Kyle. Sie waren Verbündete, lange bevor sich die stille Vertrautheit zu diesem Glimmen zwischen ihnen verändert hatte.

Sie war ihm immer weiter unter die Haut gekrochen. Dort hatte sie sich eingenistet. Rührte sein Herz an bei jeder kleinsten Berührung.

Was ihn im Moment fast in den Wahnsinn trieb.

Trotz der Kinder zwischen ihnen streifte sein Arm ihren, sobald er ein fertiges Plätzchen zum Trocknen auf den Kuchenrost legte. Sie an seiner Haut zu spüren, war schwierig zu ertragen. Um es zu vermeiden, hätte er den Kuchenrost näher heranziehen oder mehr zur Seite schieben können.

Es gab ihm Hoffnung, dass sie es auch nicht tat.

Hoffnung, dass es noch nicht zu spät war.

Das letzte Jahr war die Hölle gewesen. Kaum auszuhalten.

Wie gewohnt hatte er ein Bild von dem Flughafen, auf dem er sechzehn Stunden später für einen Auftrag gelandet war, in den Gruppenchat gepostet. Wie üblich hatten Kyle und Lea zur Antwort ein Foto geschickt, wo sie sich in diesem Moment befanden. Kyle war auf einer Safari. Lea schickte ein Selfie, Plätzchen essend auf Royas Flokati.

Wie üblich hatte Roya alle Fotos mit einem Emoji kommentiert. Mehr nicht.

Bedauerlicherweise schickte sie nie Fotos von sich selbst, aber hübsche Stillleben von ihrer Umgebung. So hatte Jackson sich ihr immer nah gefühlt. Doch seit der Sache, tja, seit der Sache gab sie nichts mehr von sich preis. Zwar hatte sie den Gruppenchat nicht verlassen, doch vermutlich stumm geschaltet, da sie sich an keiner Konversation mehr beteiligte.

Es schmerzte. Zu wissen, dass sie es seinetwegen nicht mehr tat.

Jackson wollte das ändern. Wie oft hatte er das Telefon in der Hand gehalten, ihre Nummer eingetippt oder eine ellenlange Nachricht verfasst. Feige, wie er war, hatte er sie immer wieder gelöscht. Sich eingeredet, es wäre besser so. Hatte gespannt den Atem angehalten, wenn er *Roya schreibt ...* las und fast sein Handy durchs Zimmer geworfen, als ihn statt einer Nachricht nur ihr Schweigen erreichte.

Dieses Schweigen war unerträglich laut.

Warum war Roya so blind? Sah sie nicht, wie sie ihn verzerrte? Diese Stille.

Der Ballon in seiner Brust blähte sich weiter auf, drohte ihn zu zerreißen. Brannte in seiner Kehle. Fast wären ihm die Worte herausgeplatzt, die er in Gedanken und tatsächlich schon Hunderte Male verfasst hatte.

Er sah zu ihr hinüber, auf ihr feengleiches Gesicht. Sah vor seinem geistigen Auge, wie er sie packte, sie schüttelte und ihr seine Gefühle in einem Rausch aus Farben an den Kopf knallte. Sah förmlich den Sturm in ihren großen, grauen Augen aufklaren, die sich vor Erstaunen weiteten.

Stellte sich mit Schrecken vor, wie sie ihn fortstieß. Sagte, dass da nichts mehr übrig war für ihn. Ihre Gefühle, ihre Liebe. Aufgelöst wie Farbe in einem Wasserglas.

Flammen in seinem Herzen schnürten Jackson die Luft ab. Wie damals, als er endlich verstand, seine Mutter würde nicht zu ihm zurückkehren.

Er atmete langsam ein. Ließ den warmen, süßen Geruch hinein, den Roya mit dem Backblech voller Plätzchen auf dem Tisch abstellte. Wie Vanillecreme mit Kirschen. Ihr Duft. Sanft bedeckte es die schmerzenden Stellen. Eine Umarmung. Ein Anlehnen.

Die langen Wimpern mit den hellen Spitzen umrahmten ihre Augen. Warfen Schatten auf ihre erhitzten Wangen, über die er liebend gerne seine Finger tanzen lassen würde. Die feine Haut, die sich verfärbte, wo immer er sie berührte.

Ihre Blicke trafen sich. Jackson fragte sich, ob sie seine Gedanken erraten hatte, denn sie rückte von ihm ab.

Er war dankbar, dass sie sich wegdrehte, um mit den Kindern die Schüssel mit Schokoladenresten auszulöffeln. Sonst hätte er vergessen, erst mit ihr zu reden. Sich für sein dummes Verhalten letztes Jahr zu entschuldigen.

Die Zutaten räumte er zurück auf die Regale. Beobachtete Roya, wie sie immer wieder ihren Löffel in die restliche Schokolade tunkte. Erst als seine Tante sie darauf zum wiederholten Male ansprach, schlenderte sie zur Spüle. Karin ignorierend, wischte sie mit dem Finger am Schüsselrand entlang und leckte ihn ab. Schloss genüsslich die Augen, bevor sie die Schüssel ins Spülwasser fallen ließ.

Lebensmittelfarbe haftete auf der Seite ihrer Stirn und in einer Augenbraue, am Ärmel ihres Shirts, sogar hinten auf dem Rücken. Glitzer lag wie Feenstaub auf ihrem Haar, ihre zarten Züge unterstreichend.

Tief sog er die Luft in seine Lunge, als sie plätzchenduftend an ihm vorbeischwebte.

Doch am besten war die dunkle Schokolade, die nach der Nascherei an ihrem rechten Mundwinkel klebte. Jackson stellte sich vor, wie er die Hand nach ihr ausstreckte und mit dem Finger diesen Klecks aufnahm. Er wollte sie kosten. Besser noch mit seinen Lippen. So gerne würde er die Hände an ihre Wangen schmiegen, um die vereinzelte Zickzacklocken tanzten. Sie zu sich heranziehen, ihre Lippen mit seinen nachzeichnen.

Ein Bedürfnis, das sich durch den Tag zog und immer schwerer zu ertragen war.

Idiot. Er war so nah dran gewesen. Hatte es vollkommen vermasselt. Schon wieder. Er verstand, dass sie nach der Eierschlacht fluchtartig zu ihrem Tisch zurückgerannt war.

Es war noch da.

Das Knistern zwischen ihnen.

Das in ihren Wangen aufflammte, wie bei einer flackernden Kerze. Eine Glut, die unter ihrer schneezarten Haut schimmerte. Sie wärmte. Er sehnte sich, dieses leise Feuer zu löschen und mehr: es anzufachen.

Er seufzte. Ermahnte sich, mit dem Unsinn aufzuhören.

Roya versuchte, zu ignorieren, was zwischen ihnen schwelte, weil er so ein Arsch war. Aber er würde es erklären, ihr alles erzählen und dann ihr Urteil abwarten. Leicht würde es nicht werden.

Was ihm Hoffnung gab, war die jahrelange Verbundenheit, die still zwischen ihnen hin- und herschwang. Die Roya nicht einfach abschütteln konnte.

Bei seinem absurden Versuch, seiner Tante die Stirn zu bieten, war sie ihm wie stets zur Seite gesprungen. Auf ihre dezente Art. Ihre kleine Rebellion hatte Jackson wie eine Umarmung empfunden. Eine der unzähligen, die sie ihm über die Jahre wortlos gegeben hatte. Wenn er vor Kummer weinend in ihrem Garten saß. Oder in ihrem Keller.

Ohne ein Wort hatte sie ihn verstanden und getröstet. Jackson glaubte, sie las sein Inneres wie eins ihrer Bücher.

Ob ihr immer noch gefiel, was sie dort fand?

KAPITEL 13

Jackson

Eingefrorener Schnee zersprang unter seinen Schritten. Knirschte kalt in ihn hinein. Der eisige Wind peitschte ihm ins Gesicht, brannte auf der Haut. Dasselbe beißende Aufschürfen wie bei der Reibung von Sand. Wenn eine Welle ihn am Strand ausspuckte, nachdem sie ihn lang genug verschluckt gehalten hatte.

Den Kopf schützend vor dem scharfen Wind nach unten gesenkt, fand Jackson blind den Weg zu seiner Düne. Er nannte sie so, da er sie schon immer geliebt und sich Millionen Male auf sie zurückgezogen hatte. Oft mit Roya.

Die Düne, die wie eine Sahnehaube auf der Insel thronte. Hinter der sich das Meer und der Himmel endlos erstreckten. Tausendfach hatte er sie schon fotografiert, gebannt auf Film und Speicherkarten, unbearbeitet und retuschiert, ausgedruckt, veröffentlicht. Manche Aufnahmen haufenweise verkauft. Preise dafür eingeheimst.

Einen Moment verlor er sich in der blassen Schönheit, die vor ihm lag. Ein silbrig blauer Himmel vermischte sich in der Ferne mit einem rauchgrauen Teppich aus Meer.

Wie Royas Augen.

Ein Lächeln zuckte um seinen Mund, wie immer, wenn er sie irgendwo erkannte. In der Einzigartigkeit der Welt, in anderen Menschen, und stets im Licht.

Stechende Flocken trieben ihm Tränen in die Augen. Kleine Eiskristalle klebten seine Wimpern zusammen. Die eisige Luft lag wie eine dünne Wachsschicht auf seinem Gesicht.

Jackson beeilte sich. Nachdem er den ganzen Tag mit der Kamera über die Insel gewandert war, spürte er kaum noch seine Zehen in den dicken Boots.

Durch den schneeverhangenen Himmel stahl sich das Licht, verschleiert hinter dem Netz aus Flocken und Wind. Es verlieh dem sanften Bogen der Düne eine unwirkliche Dimension. Wie über dem Wasser schwebend. Vereinzelt lugte Dünengras aus dem Schneemantel hervor, erstarrt in der eisigen Luft.

Aus verschiedenen Winkeln fotografierte er, kniete und legte sich hin, vergaß die schneidende Kälte, die durch seine Kleidung drang. So war es immer. Sobald er ein Motiv im Kopf hatte, blendete er alles andere aus, bis er es einfing.

Zufrieden stapfte er wenig später den Weg zurück. Die Finger trotz der dicken Handschuhe steif und unangenehm pochend. Die feuchten Stellen an seinen Knien, vereist. Genau wie sein Gesicht. Der Wind peitschte ihm weiterhin die Flocken entgegen. Er zog die Mütze so tief in die Stirn, befürchtete, seine Augenbrauen würden abreißen, wenn er sie später auszog.

Er trödelte herum, stieg zum Hafen hinab und fotografierte die Boote und Fähren mit ihren Hauben aus Schnee. Sah vor seinem geistigen Auge die Motive in Schwarz-Weiß vor sich. Fing im diffusen Licht der schwindenden Sonne die Idylle des Dorfs ein. Saugte die verträumte Stille der Insel in sich auf. Die bunten Lampen der geschlossenen Geschäfte färbten den Schnee auf dem Weg ein.

Alle, Bewohner und die Touristen, die wegen des Wetters die Insel nicht rechtzeitig verlassen konnten, befanden sich mit höchster Wahrscheinlichkeit im Gemeindesaal. Dahin wollte er auch.

Jackson kämpfte sich langsam durch die Schneemassen. Zögerte das Zusammentreffen in die Länge. Es lag nicht am Wetter, der aufziehende Schneesturm machte ihm nichts aus, ihm graute davor, dass sein Plan nicht aufging.

Roya aufzusuchen, wo sie sich wohlfühlte, zwischen ihren Büchern, schien ihm vernünftig. Sie dort aufzusuchen, wo er ihr letztes Jahr das Herz gebrochen hatte, eher nicht. Es hinterließ einen bitteren Beigeschmack. Heiß und pelzig lag er auf seiner Zunge.

Buden des Wintermarkts standen leer auf dem Platz vor dem Gemeindezentrum. Kaum jemand hielt es in der frostigen Kälte aus. Drinnen drängte man sich an die Tische mit Heißgetränken und Suppe. Der süßliche Geruch von Punsch und Glühwein waberte durch die Gänge. An einem Stand mit gerösteten Mandeln blieb Jackson stehen und sog den Duft tief ein. Anschließend quetschte er sich weiter durch die Leute in den Saal.

Mitten im Raum stand eine von Hennings Kiefern, die er überallhin exportierte. Jackson hoffte für ihn, dass er wegen des Sturms nicht auf zu vielen bestellten Weihnachtsbäumen sitzen blieb.

Stimmengewirr umschloss ihn, trieb ihn wie eine Woge weiter. An den Ständen mit Essen vorbei, das für die ausgegeben wurde, die weniger hatten. Er grüßte Rieke, die an einem Tisch Geschenke aufreihte, die ebenfalls von den Inselbewohnern gespendet worden waren.

Er beobachtete die Leute. Die, die angeschickert in die Menge starrten, die sich mit Nachbarn unterhielten, ihren Kindern hinterherriefen. Die Genervten, die sich woanders hinwünschten, die Verliebten händchenhaltend. Einsame Herzen, die beschäftigt taten, um sich dann flink eins von den Geschenken in die Tasche zu stecken.

Jackson suchte unaufhörlich mit den Augen den Saal nach Roya ab, fand sie aber nicht in der Ecke, wo die Büchertombola aufgebaut war. Auch nicht bei Lea oder ihren Eltern. Er streifte umher, fotografierte in die Menge, unterhielt sich mit dem Chefredakteur der Baarhoog *News*, Henning und Opa Albert, alten Schulfreunden. Schlenderte so immer näher an den Tisch von *Hansens Buch Shop* heran.

Karin stand beim Bücherstand und redete auf Royas Chefin ein. Er ging davon aus, dass sie ihr wegen der kurzfristigen

Absage fürs Backen eine Ansage machte. Dabei würde ebenso wenig zählen, dass alle Kinder glücklich über die große Tüte Plätzchen waren, noch, dass er sie gut vertreten hatte. Kein Argument, keine Erklärung würde genügen, um Karin zu besänftigen oder ihr die Meinung eines anderen schmackhaft zu machen.

Rieke Pötter gesellte sich zu den Frauen. Ihre energische Art hatte Jackson schon immer gefallen. Sie ließ sich von Karin nichts bieten. Schmunzelnd beobachtete er, wie seine Tante abrauschte, Rieke den Stand übernahm und die Hansen auf den Ausgang zusteuerte.

Ja, nach einem Streit mit seiner Tante, brauchte er auch grundsätzlich frische Luft.

Jackson entspannte sich so weit, dass er sich gewappnet fühlte, Roya unter die Augen zu treten. Er suchte sie intensiver, doch fand sie nirgends. Nach einer weiteren Runde durch den Saal lief er abermals durch die Gänge und sah in die Zimmer, die als Lager dienten. Begleitet vom Geruch von Alkohol und feuchten Mänteln betrat er die kleine Küche. Der Raum war warm und kuschelig.

Er starrte auf das Eckfenster.

Genau vor einem Jahr hatte Roya dort unwiderstehlich im flackernden Licht der Kerze gestanden. Hatte ihn angesehen mit ihren großen Augen, als saugte sie seine Gedanken damit ein.

Erst knabberten sie Karamellplätzchen, die sie sich gemopst hatten, unterhielten sich, scherzten und lachten. Jackson war froh, dass es ihm gelang, seine Gefühle vor ihr zu verbergen. Sich in Sicherheit zu wiegen, es durchzustehen, mit ihr an einem so einladenden Ort zu sein. Zum zusätzlichen Schutz neckte er sie mit den alten Spitznamen.

Nahm mit schlechtem Gewissen die roten Punkte auf ihren Wangen wahr. Ihre belegte Stimme.

Als die Kerze zischend ausging, war die Stimmung gekippt. Eine greifbare Schwere hatte sich über sie gelegt wie eine bleierne Decke. Ihre Blicke verbanden sich, er trat auf sie zu, als wäre das die ganze Zeit sein Plan gewesen. Durch den Schneefall hindurch beschien der Mond ihr Gesicht. Das Bedürfnis, ihre Haut zu berühren, kribbelte in seinen Händen. Wie von selbst strichen seine Finger über eine Strähne ihres Zauberhaars. Ihr Name, wie er sie sonst nur in Gedanken nannte, rollte ihm rau über die Lippen.

Roya hatte laut ausgeatmet. Ihr Gesicht wurde noch weicher. In ihren Augen sah er dieses Flackern, von dem er dachte, es glomm nur in ihm. Wusste, dass sie genauso empfand, wusste, dass sie sich wünschte, wonach er sich seit Jahren verzehrte. Wusste, dass er gehen musste, bevor er diese Grenze überschritt.

Denn alle, die er liebte, liebten ihn nicht.

Zumindest nicht genug. Nicht genug, um bei ihm zu bleiben. Er musste gehen, Roya verlassen, denn sonst würde sie es tun. Das hätte er nicht ertragen. Egoistisch, wie er war, sperrte er den Schmerz aus, bevor er an ihm züngelte wie eine Flamme an einem Stück Papier.

Das Feuer hatte ihn trotzdem verschlungen.

Flach presste er nun die Hand gegen das Fenster, nahm die Kälte von draußen in sich auf. Eisig durchzuckte sie ihn.

Roya war nicht hier. Würde höchstwahrscheinlich nie mehr diese Küche betreten. Vielleicht sogar die Tombola und diesen Abend meiden, um nicht daran erinnert zu werden, was er getan hatte.

Entschlossen, sie zu finden, durchschritt er die Küche, verließ den Flur in Richtung Hintereingang. Geräusche, intime Geräusche drangen an sein Ohr, je weiter er durch den Garderobengang lief. Grinsend rannte er an einem Paar vorbei, das sich innig küsste. Erkannte Leas Haarschopf, im Klammergriff zweier Hände. Stellte beiläufig fest, dass es sich um Flo handelte.

Ohne weiter darüber nachzudenken, suchte er einen der Männer der Familie Petersen.

»Hast du Roya gesehen?«, fragte er ihren Onkel ohne Umschweife, formte gedanklich für alle Eventualitäten Erklärungen, warum er sie suchte.

»Deine Tante hat sie doch als Babysitter engagiert.«

»Was, wann?«

»Ich weiß nicht genau«, Henning kratzte sich am Kopf, »kurz bevor wir aufgebrochen sind, schätze ich. Die Eltern der Kinder stecken beim Leuchtturm fest. Im Schnee«, fügte er unnötigerweise hinzu. »Du kennst ja die Kleene, sie kann nicht Nein sagen und ...«

Der Rest ging im Rauschen seines Bluts in seinen Ohren unter, als Jackson losrannte.

Ich bin doch schlicht zu dämlich. Mittlerweile war es zehn Uhr durch. Kostbare Stunden hatte er vertrödelt.

❉

An der Türschwelle zum kleinen Wohnzimmer blieb er stehen und blickte hinein. Es roch leicht nach feuchter Erde und Minze.

Die warmen Lichter am geschmückten Weihnachtsbaum verliehen dem Zimmer Behaglichkeit. Es brach sich in der goldenen Folie, die um den dicken Blumentopf gebunden war, und lag wie ein Hauch auf den Gesichtern der beiden Kinder, die in einem Knäuel aus Armen, Beinen und Decken auf dem Sofa schliefen und leise schnarchten.

Die Ruhe im Raum wurde von dem prasselnden Feuer im Kamin untermalt. Davor lag, wie ein menschlicher Schutzwall, Roya auf einem Haufen aus Kissen. Ihre nackten Arme schimmerten, genau wie ihr Haar. Die Flammen schienen darin Verstecken zu spielen.

Jackson schlich auf Zehenspitzen durch den Raum, um keinen zu wecken. Hockte sich auf Höhe ihrer Füße vor den Kamin. Unschlüssig, ob er Roya aufrütteln und endlich mit ihr reden oder sie ungehindert die restliche Nacht anstarren sollte.

KAPITEL 14

Roya

Roya zuckte aus einem kurzen Schlummer hoch und sah zu ihrer Verblüffung Jackson neben sich sitzen. Er starrte in die Flammen. Die mit den Schatten über sein Gesicht tanzten. Sie wollte ihn heimlich betrachten, doch er hatte bemerkt, dass sie erwacht war.

»Die Eltern sitzen immer noch fest.« Seine Stimme war rau, wie wenn er selbst geschlafen hätte.

Kurz unterhielten sie sich über die Schneemassen und den Umstand, dass viele Touristen nicht rechtzeitig von der Insel weggekommen waren.

Mit halb geschlossenen Augen lauschte Roya seinen leisen Worten. Sie drangen gedämpft an ihr Ohr, wie in einem Traum. Schläfrig beobachtete sie, wie Jackson sich auf einen Ellbogen gestützt neben sie auf den Bauch niederließ. Seine Lippen verzogen zu einem sanften Lächeln.

»Können wir reden?«

Seine Samtstimme klang spröde und die Emotionen darin schnürten Roya die Kehle zu. Fast wollte sie hören, was er zu sagen hatte, doch noch mehr genoss sie seine Nähe. Ihre halb geschlossenen Augen senkten sich und sie gab vor, wieder einzuschlafen. Die Stille, die folgte, legte sich wie eine Kuscheldecke über sie. Es raschelte, als Jackson sich hinlegte.

»Es tut mir so leid«, flüsterte er und ihre Augen schnellten automatisch zu ihm zurück, tasteten sein Gesicht nach der Lüge in seinen Worten ab. Doch er meinte es wohl ernst.

Er legte den Arm über seine Augen, als wollte er ausblenden, dass sie ihm nicht zuhörte. Roya wagte nicht zu sprechen, sich zu bewegen. Ließ ihn in dem Glauben, dass sie schlief. Lauschte seinem Atem, bis sie wirklich wieder einschlummerte.

Aus den Tiefen eines angenehmen Traums tauchte Roya langsam in einem Gewirr aus Farben auf. Schwer lag der Schlaf auf ihr. Sie bewegte sich nicht, sondern nahm schleppend ihre Umgebung wahr.

Ihr war klar, dass sie nicht in ihrem Bett lag. Sondern auf etwas Festem, nicht so hart wie der Boden, aber auch nicht weich genug, um sich Sofa nennen zu können. Sie lag auf etwas, das sich hob und senkte und angenehm roch.

Nach Jackson Köster.

Und obwohl das seltsam genug war, erspürte sie, wie er mit seiner Hand leicht durch ihr Haar strich.

Schlagartig war sie wach, traute sich aber nicht, sich zu bewegen. Kostete diesen unwirklichen Moment, in seinen Armen zu liegen, lieber aus. Ansonsten würde er doch sofort aufhören, ihr Haar zu streicheln. Geistesabwesend und im Halbschlaf, vermutete sie.

Wie war das nur passiert?

Jackson fuhr ihr gemächlich über das Haar. Wickelte sich eine Locke um seinen Finger und ließ sie wieder fallen. Angenehme Schauer jagten durch ihren Körper. Roya hoffte, er würde es nicht merken und schon gar nicht aufhören.

Ihr Hirn war vernebelt, deswegen ließ sich nur schwer enträtseln, wie sie in diese Lage geraten war.

Roya hielt die Augen geschlossen, während er mit ihren Haaren spielte, als wäre es das Normalste der Welt. Verblüfft erkannte sie, dass ihr Kopf auf seiner Brust lag. Lauschte dem rhythmischen Schlagen seines Herzens. Erstaunt fand sie ihre Finger in seinen Pulli gekrallt. Sie wollte ihn ebenso wenig gehen lassen, wie er sie.

Langsam fuhr Jackson einen Pfad von ihrem Kopf, über ihre Schulter zu ihrem Arm hinunter. Hauchzart. Sicherlich erfühlte er ihre Gänsehaut, wenn er in ruhigerem Tempo die gleiche Strecke wieder hinauffuhr. Mit sanftem Druck seiner

Fingerspitzen. Leichtem Kratzen seiner Fingernägel. Runter und rauf. Ein Zittern, das sie nicht unterdrücken konnte, begleitete seine Berührung – doch er hörte nicht auf.

Zärtlich ließ Jackson seine Hand wieder in ihr Haar gleiten. Packte die Masse, hob sie an. Seine Finger trafen auf ihrer Kopfhaut. Ihre Empfindungen überwältigten sie. Roya sog die Luft ein, bewegte sich aber nicht. Hatte Angst, er würde aufhören, wenn er merkte, dass sie wach war.

Wahrscheinlich befand er sich selbst in einem Zwischenzustand zwischen Schlafen und Erwachen, grübelte Roya. *Sicherlich liebkoste er mich unbewusst. Träumt von einer anderen.*

Royas Körper war in Aufruhr. Bei jedem Kratzen seiner Fingernägel auf ihrer Haut durchlief sie ein unkontrollierbarer Schauer. Sie presste ihre Lippen fest zusammen, um nicht vor Wonne zu stöhnen. Das Gefühl war überwältigend. Die Schmetterlinge in ihrem Magen mutierten zu Glühwürmchen und zerstreuten sich. Heiße Punkte unter ihrer Haut. Sogar in ihren kleinen Zehen, weit weg von dem glühenden Kribbeln auf ihrem Arm. Ihr Atem stockte. Jackson schob seine andere Hand langsam und vorsichtig um ihre Taille. Dann zog er sie näher an sich.

Durch den Schlafmangel und der Sensation, in seinen Armen zu liegen, fühlte sich ihr Gehirn wie mit Watte vollgestopft an. Sie versuchte träge, die Frage zu beantworten, ob das wirklich passierte.

Träumte sie? Oder lag sie wahrhaftig in Jacksons Arm, halb auf ihm drauf und ließ sich von ihm streicheln?

Ja.

In diesem Moment hätte sie beinahe vergessen zu atmen.

Mit der Hand in ihrem Haar nahm er die sagenhafte Reise erneut auf. Aber dieses Mal strich er über ihre Wange, ihren Hals und ihre Schulter. Bis seine warmen Finger auf ihrem Arm liegen blieben. Die Magie seines Daumens, der kleine Kreise auf ihre Haut malte, forderte ein Seufzen, das ihr langsam die Kehle hochstieg. Sie verhinderte es, indem sie ihr Gesicht fester gegen seine Brust drückte.

Oh. Jetzt ist ihm klar, dass ich wach bin.

Roya bewegte sich nicht, blieb reglos liegen. Überlegte fieberhaft, was sie machen sollte. Worte der Entschuldigung, der Erklärung formten sich in ihrem Kopf, bevor sie die nächste Sensation wahrnahm.

Jacksons Herzschlag beschleunigte sich unter ihrem Ohr.

Das war doch nicht zu fassen.

Ungerührt, dass sie fast in ihn hineingekrochen war, ruhten seine Finger in ihrem Haar.

Einen Atemzug lang passierte sonst nichts.

Dann brach er von Neuem zu seiner Tortur auf. Streichelte über ihren Kopf, ihr Ohrläppchen. Hinab zu ihrem Hals.

Ehe Roya es realisierte, entwickelten ihre Finger einen eigenen Willen. Ihre Hand glitt nach oben und legte sich ebenso zart und vorsichtig auf seinen Hals. Sie ertastete seine warme, glatte Haut unter den Bartstoppeln. Kraulte ihn dort, bis er sich leicht bewegte. Trotzdem ließ er sie nicht los, sondern verstärkte seinen Griff.

Roya kratzte sanft mit ihren Fingernägeln über sein Kinn. Legte ihre Hand auf seine brennende Wange, was vermutlich am Feuer im Kamin lag. Ihr Herzschlag donnerte in ihren Ohren, vermischte sich dort mit Jacksons.

Mit zitternden Fingern zeichnete sie die Linien seines Gesichts nach. Über die Augenbrauen und seine Nase. Sie vernahm ein Seufzen, war sich aber nicht ganz sicher, ob es von ihm kam oder von ihr.

Roya kniff die Augen fest zusammen, sah in Gedanken den Weg, den ihre Finger nahmen. Hielt still auf der weichen Haut zwischen seinen Schlüsselbeinen. Ihr Herzschlag verdoppelte sich im Rhythmus seines Atems.

Seine Finger krallten sich in den Stoff ihres T-Shirts.

Quälend langsam fuhr seine Hand über ihre Wirbelsäule hinauf unter ihr Haar, bis seine Fingerspitzen brennend auf ihrem Nacken liegen blieben.

Wieder erbebte sie. Seine andere Hand lag auf ihrer Hüfte. Ein Moment verstrich, in dem das Knistern des Kamins mit dem Rauschen in ihrem Körper verschmolz.

Unerwartet schob er sie von sich. Und ihr Herz zerkrümelte.

Er hat es gemerkt!

Erschüttert lag sie da, die Lider zusammengepresst. Er sollte nichts sehen von der Hoffnung in ihrem Herzen.

Anstatt sich von ihr zu lösen, drehte Jackson sich auf die Seite, sodass sie einander zugewandt waren. Sie hörte ihn schnell, zu laut atmen. Ohne Vorwarnung lag seine Hand fest um ihren Hinterkopf, seine Finger vergraben in ihrem Haar.

Roya schnappte nach Luft. Starrte ihn an.

Langsam öffnete Jackson die Augen. Sah sie einfach nur an. Ließ die Hitze in ihrer Brust aufquellen. Es brannte. Sie konnte es kaum ertragen.

Mit der Hand rückte er ihren Kopf zurecht und beugte sich zu ihr, sodass sich ihre Lippen fast berührten. Sie nahm seinen warmen Atem auf ihrer Haut wahr.

Es war kein Kuss, nur ein Tupfen. Wie ein Test, eine Bitte. Jackson hielt still. Als warte er auf sie. Das Kribbeln auf ihren Lippen war unerträglich, aber er unternahm nichts, damit es aufhörte.

Sollte sie etwa?

»Roya.« Er sprach ihren Namen, als hätte er Schmerzen, und gleichzeitig heilte er ihre.

Voller Sehnsucht nach Befreiung, diesen Druck in ihrer Brust zu mildern, strich ihre Hand wie von selbst seinen Hals hinauf, schmiegte sich um seinen Nacken. Roya spürte seinen Puls unter ihrem Daumen heftig schlagen. Kurz überlegte sie, wie ihre Finger überhaupt dahin gekommen waren. Wusste aber im selben Moment, diese Berührung reichte Jackson als Antwort.

Sie musterte ihn. Er sah gequält aus.

Panik stieg in ihr hoch, dass sie sich alles nur einbildete. Dass es wie letztes Jahr enden würde. Die Schwäche übermannte sie. Der Druck löste sich aus ihren Fingern.

Da rückte er näher. Hielt inne, atmete sie ein. Seine dichten Wimpern warfen Schatten unter seine Augen, als er den Blick auf ihre Lippen senkte. In Zeitlupe kroch er wieder hinauf.

Sie sah die Wahrheit darin.

In ihrem Magen schlossen sich die Glühwürmchen zu einer warmen Masse zusammen wie süßer Honig. Jacksons Lider schlossen sich. Ihre flatterten zu. Sein Duft umarmte sie.

Zart wie eine Schneeflocke berührten seine Lippen ihre. Endlich.

❄

Der Druck wurde schwächer. Roya öffnete im Protest den Mund, drängte sich ihm entgegen. Saugte seinen Duft ein. Seine Lippen strichen furchtbar langsam über ihre. Die kribbelten noch immer.

Ein aufgeregtes Trippeln jagte durch ihren Körper. Zarte Flügelschläge summten in ihrem Herzen, vernebelten ihren Kopf.

Jackson legte seine Stirn schwer auf ihre. Sein Atem fegte über ihr Gesicht hinweg, als sei er vor einem Augenblick zum Dachboden hochgesprintet und ebenso schnell zurückgekommen. Schweigen dehnte sich, gleichzeitig schrumpfte der Raum um sie herum.

Eben noch verschleiert, nahm Roya schlagartig alle Einzelheiten wahr.

Ein Zipfel ihres Shirts steckte zusammengeknüllt in Jacksons Faust. Ihr Gesicht lag in seiner Hand. Sein Daumen strich langsam über ihre Wange. Ihre Finger, hineingeschoben in sein weiches Haar, zwirbelten in Eigenregie eine Strähne. Ihr Knie klemmte zwischen seinen Beinen.

Dass ihr das passiert war, ohne es zu merken, löste eine weitere Hitzewelle in ihr aus. Die vulkanartig in ihren Wangen ausbrach, um direkt danach einen heißen Funkenregen hinterherzuschieben.

Beschämt presste sie die Augen zusammen, als ein Zittern folgte, das sie nicht unterdrücken konnte.

Jackson atmete tief ein.

Roya bemerkte eine Bewegung, registrierte sie als ein sanftes Zupfen. Wollte er sie näher, noch näher bei sich haben?

Er atmete aus. Löste sich von ihr, behielt aber seine Hände, wo sie waren.

»Ich muss dir was sagen.« Sein Blick war unergründlich.

Ein Brocken Tränen verkeilte sich in ihrem Hals, brannte an den Kanten.

Jetzt stupst er mir gleich gegen die Nase, erklärt mir, dass das im Halbschlaf und somit überhaupt nicht passiert ist. Mühevoll unterdrückte sie ein Schluchzen.

»Roya.« Sein Daumen strich über ihre Wange, die Feuerstelle auf ihrem Gesicht, seine Augen tasteten es ab.

»Hey.« Er stupste gegen ihre Nase, allerdings mit seiner.

Okay. Es rauschte weiter in ihrem Kopf.

Ein kleines Küsschen folgte. Jackson tupfte eine Menge hinterher, über ihr Kinn, ihre Wange. Unter ihr Ohr.

»Ich muss es dir erklären.« Jackson setzte sich auf und zog sie mit hoch.

Ein Ziehen vermerkte den Verlust seiner Nähe, seiner Hände auf ihrem Gesicht. Sie sahen sich an.

Leise fluchend fuhr Jackson sich durch die Haare. Blickte zum Sofa, wo die Kinder schnarchten, zum Fenster, durch das die Nacht hereinsah. Ließ sich mit geschlossenen Augen zurück auf den Boden fallen.

Was immer das zu bedeuten hatte, war Roya ein Rätsel. Sie konnte nicht klar denken. Nicht nach nur wenigen Stunden Schlaf. In seinen Armen. Nicht nach dem, was zwischen ihnen passiert war, oder wenn er so da lag. Seine Nähe.

Alles drehte sich, als sie aufsprang und zur Tür hetzte.

»Roya.«

Rau strich ihr Name über ihre Haut, und dann stand er schon vor ihr. Roya überlegte noch, wie jemand, der so groß war, sich so flink bewegen konnte, da stemmte er die Hände gegen den Türstock. Rahmte sie ein.

Als Jackson sich zu ihr hinunterlehnte, rasten diese verrückten Glühwürmchen in ihr hysterisch herum.

»Willst du wieder vor mir weglaufen?« Er bohrte seinen Blick in ihren, streifte mit der Hand ihre Hüfte.

»Pff, wieso wieder?«

»Im Shop bist du in der Psychoecke abgetaucht.«

Oh, Mist.

»Ich weiß.« Er richtete sich auf, ließ aber die Hand über ihrem Kopf gegen den Türrahmen gepresst. »Ich weiß, ich bin ein Arsch.«

Roya widersprach ihm nicht. Nicht, weil sie ihm zustimmte, sondern weil dieser Tränenbrocken ihre Stimme blockierte.

»Bitte, glaub mir, dass ich reden wollte. Ich habe dich gesucht«, wieder suchte er ihren Blick, »dann warst du hier.« Er lachte heiser auf. »Und ich dachte, super, ich wecke sie und wir reden.«

Schweigen glitt zwischen sie. Roya wusste, dass ihr die Angst, er würde sie wieder abweisen, auf ihrem Gesicht zu lesen war. Ihr Herz hämmerte gegen die Rippen. Sie schluckte. Wappnete sich, hoffte auf einen würdigen Abgang.

Ein Schulterzucken wäre doch souverän.

»Wir haben nicht geredet.«

Jacksons Gesicht glättete sich, sein Mundwinkel hob sich zu einem schrägen Grinsen. »Nein, haben wir nicht.«

Seine raue Stimme raspelte ihren Versuch dahin, sich gegen den Schmerz zu wappnen.

Jackson schmiegte seine Hand um ihre Wange.

»Ich lag neben dir, überlegte eine Ewigkeit, ob ich dich noch mal wecken sollte.« Er lachte. Ein kratzendes Geräusch. »Um zu reden, doch dann hast du dich bewegt und schwups, lagst du auf meiner Brust.«

Himmel, das war ihr verdammt unangenehm, dass dieses Kuscheln von ihr losgetreten worden war. Roya wünschte, in dem Schneeberg im Garten zu versinken. Sie würde zischend darin untergehen wie eins der glühenden Holzscheite aus dem Kamin. Sie wollte sich verstecken. Zumindest den Kopf wegdrehen, doch ihre Augen hatten sich in seinem Blick verfangen.

Er senkte den Kopf. »Ich wollte wirklich erst reden.« Seine Lippen streiften ihre. »Aber ich kann nicht denken, wenn du so nah bist.«

»Ich auch nicht«, presste sie hervor und tauchte unter seinem Arm hindurch Richtung Haustür. Drei, vier Schritte kam sie weit, als sie seine Stimme vernahm:

»Wirst du mir zuhören?«

Wie er es sagte, zerbrach diesen Tränenbrocken in ihrer Kehle.

»Ich hör dir immer zu.«

KAPITEL 15

Jackson

Das hatte sie immer. Selbst dann, wenn er keine Worte formen konnte. So wie jetzt.

In Gold getaucht, stand sie im Gang. Die dunkelrote Haarpracht lag wie ein Tuch um ihre Schultern. Am Kopf standen ein paar einzelne Haare wie kleine Antennen ab, in denen sich das Licht vom Weihnachtsbaum verfing. Ihre Augen lagen im Schatten. Das Shirt schimmerte wie Honig, eine Nuance heller ihre nackten Arme.

Sie war bezaubernd.

Einen Moment verfielen sie in Schweigen, dann legte sie den Kopf schräg. Eine Aufforderung.

»Ich habe dich gesucht und du bist hier.« Da sie nicht reagierte, redete er weiter, mehr zum Türrahmen als zu ihr. »In meinem Haus, an dem ich vorhin vorbeigelaufen bin, als ich von der Düne kam. Es ist in facto mein Haus. Mein Vater hat es mir überschrieben, Karin hat nur Wohnrecht. Sicher hasst sie mich deswegen.«

Jackson wusste gar nicht, warum er ihr das erzählte. Es war völlig belanglos.

»Karin hasst dich nicht.« Roya sagte das so überzeugt, dass er es fast glaubte.

»Es ist mir egal. Das alles.« Er richtete sich weiter auf. »Deinetwegen bin ich hier.«

Ihr Gesicht zuckte und Jackson drehte sich ganz zu ihr herum.

»Du bist der Grund, dass ich das alles hier …«, er breitete die Arme aus, »überstanden habe. Das Alleinsein, dass meine

Mutter und Karin mich nicht wollten, genauso wenig wie mein Vater. Seinen Tod.«

Er fuhr sich mit der Hand durchs Haar, was danach aussah, als wäre er durch den Sturm gelaufen.

»Genau genommen ihr alle, aber du im Speziellen. Du hast mich *gesehen*. Du wolltest mich sehen und ich dich.«

Er lehnte sich mit dem Rücken gegen den Türstock, erleichtert, es endlich loszuwerden.

»Du hast unter die Schichten gesehen, bis sich das Bild entwickelt hat.«

Leise lachte er über den Vergleich mit den Begriffen aus seinem Job. Verliebte sich gleich noch einmal, als Roya schmunzelte, weil sie ihn verstand.

»Mein Kopf war vollgestopft mit dem Schweigen meiner Eltern ... und dann hing ich bei euch rum, auch wenn Kyle gar nicht da war. Hab dir zugesehen, wie du stundenlang in einem Buch abgetaucht bist und ja, du hast mich mitgenommen.«

Die Gespräche mit ihr waren lustig und tief gewesen, manchmal albern und oft erwachsen. Sie ließen ihn vergessen, einsam zu sein. Er fühlte sich wahrgenommen. Durch *sie*. Deshalb hatte er seine Ausbildung auf der Insel gemacht, hatte anfangs nur kleine Jobs angenommen, um bleiben zu können. Obgleich er lange nicht verstanden hatte, es nicht verstehen *wollte*, dass er sie liebte.

»Bei euch war ich immer willkommen, nicht vergessen. Ihr seid mehr meine Familie als meine eigene. Ich war so allein und so ungeliebt.«

»Jack.« Roya trat einen Schritt auf ihn zu, doch er hob die Hände, um sie zurückzuhalten.

»Alles ist leichter, wenn du bei mir bist.« Wieder sahen sie sich an. Tränen schimmerten in ihren Augen. »Aber ich kann nicht klar denken, wenn du *zu* nah bist.«

Ihr leises Kichern strich über sein Herz.

»Du bist die Schwester meines Kumpels, jahrelang warst du für mich auch nur ...«

»Die kleine Schwester.« Ihre Worte, gefroren wie der Schnee vor der Tür.

Er hörte das Beben in ihrer Stimme. Hauchdünne Risse in einem Glas. Sie verzog das Gesicht.

»Roya, das bist du schon lange nicht mehr.«

Ihre Blicke trafen sich, hielten einander fest. Spürbar stieg die Temperatur im Flur an.

»Das hat mich genervt. Du hast mich genervt, an meinen Strippen gezogen, an meinen Nerven.« Er schüttelte den Kopf. »Ständig habe ich an dich gedacht. Wenn ich was Schönes oder etwas Schreckliches gesehen habe, fragte ich mich, wie du darüber denken würdest. Ob du ein Motiv so siehst wie ich, was du dazu sagen würdest.« Er schmunzelte. »Bei jedem Sonnenuntergang dachte ich an dein Haar.«

»Natürlich.« Sie grinste.

»Ich dachte daran, wie sich der Feuerschein darin verfängt.« Er atmete einmal lang ein und aus. »Wenn der Himmel sich aus dem Grau der Nacht schält, denke ich an dein Gesicht. An deine Augen.«

Jack schloss seine und lehnte den Kopf an den Türstock. Einen Augenblick lang, der sich durch den Flur zog.

»Ich sehe dich. Überall. Und ich vermisse dich, so sehr. Ich will dich festhalten und gehen lassen, dich an mich drücken und mich von dir fortziehen lassen.«

Mit geschlossenen Augen stieß er sich vom Türstock ab. Als er einen Schritt auf sie zumachte, sah er Tränen auf ihrer Wange glitzern.

»Ich sehe dich in den Menschen, die ich fotografiere, die ich treffe. Höre dich in einem Lachen. Doch niemand ist wie du.«

Jackson ging weiter auf sie zu, bis er so dicht stand, dass sie den Kopf in den Nacken legen musste, um zu ihm hochzusehen.

»Wenn der Wind mir entgegenbläst, stelle ich mir vor, wie er durch deine Haare braust.« Er wühlte seine Finger hinein und Roya atmete aus, als hätte sie minutenlang die Luft angehalten. »Mit niemandem fühlt sich irgendetwas so an wie mit dir.«

Roya atmete hörbar.

»Der Wind nicht, die Luft. Immer fehlt etwas. Du fehlst.«

Mit erstickter Stimme fragte sie: »Warum hast du nichts gesagt?«

»Ich bin ein Feigling.« Er zuckte die Schulter.

Roya rückte näher, hob die Hand und strich ihm die eine Strähne aus der Stirn. »Das glaube ich nicht.«

»Doch«, er räusperte sich, drehte das Gesicht zur Seite, küsste auf ihre Handfläche. Suchte wieder ihren Blick. »Ich hatte Angst, dass du mich nicht liebst.«

Lang und geräuschvoll sog sie Luft durch ihre Nase, stieß sie mit einem leisen Seufzen wieder aus.

»Ich wollte es nicht. Wollte dich nicht wollen. Dich nicht lieben.« Er stöhnte. »Dachte, es reicht nicht, *ich* reiche nicht. Jeder, den ich liebte, liebte mich nicht. Nicht genug. Deshalb bin ich abgehauen.« Er lachte hart auf, »ich bin vor dir geflüchtet. Vor meinen Gefühlen zu dir. Ich hatte Panik, dass du mich nicht genug liebst.«

Jackson bemerkte die Verzweiflung auf ihrem Gesicht. Wusste, es war ihr unangenehm, dass er wusste, was sie für ihn empfand. In Gedanken sah er sie in der Bücherecke abtauchen. Sie fühlte sich entblößt. Er verstand das, deshalb war er jetzt dran. Er musste ihr zeigen, dass sie bei ihm sicher war.

»Aber nicht bei dir zu sein, dich nicht zu lieben, ist schlimmer.«

Mit beiden Händen umschloss er ihr Gesicht. Ihre Augen, zwei dunkle Seen, in dem sich der Kerzenschein spiegelte, sogen ihn hinein. Wie die heftige Strömung am Nordende der Insel.

»Du bist es. Alles. Alles für mich. Bitte verzeih mir, dass ich so ein Idiot war.«

»Jack.«

»Ich habe dir wehgetan und es tut mir so leid.«

»Jack, ich ...«

»Nein.« Eine Hand glitt von ihrem Gesicht auf ihren Hals, streichelte mit dem Daumen die zarte Haut. »Du musst wissen, ich habe es kapiert und ich kann nicht, also ...«, er räusperte sich, da die Gefühle, diese wuchtige Masse, ihn erstickten. Er brauchte noch etwas Umschreibung, um ihr zu sagen, was er empfand.

»Du bist das perfekte Motiv, *mein* perfektes Motiv.«

Er vernahm so etwas wie ein kicherndes Schluchzen.

»Du bist die einzig richtige Perspektive, der ideale Winkel, das Licht.« Er schüttelte über sich selbst den Kopf, doch konnte er sich mit der Sprache seiner Arbeit am besten erklären. »Du bist das Bild, das die Serie komplett macht.«

Ihre Finger schoben sich um seinen Nacken.

»Du machst mich komplett.« Seine Stimme klang gepresst.

Roya lächelte auf diese wissende Art, sie hatte verstanden und er war froh, nicht noch mehr sagen zu müssen. Es war so schon schwer genug.

»Du willst mit mir zusammen sein?«, fragte Roya leise.

»Ja.«

»Wirklich?«

»Ja. Wenn du das auch willst.«

Sie zog ihn zu sich herunter, küsste ihn. Langsam und ausgiebig. Bis sie beide nach Atem rangen.

Mit dem Mund über ihren Lippen schwebend, flüsterte er mit einem Lächeln in der Stimme: »Ich habe jetzt keine Angst mehr vor dir, *Shortbread*.«

Sie kicherte. Jackson schmiegte sein Gesicht an ihren Hals, unter ihr Haar. Atmete sie ein. *Der Duft von zu Hause.* Er zog sie so fest an sich, bis sie auf ihren Zehenspitzen stand.

»Jack.« Ihre Lippen kitzelten sein Ohr und ein warmer Schauer glitt durch seinen Körper.

»Hmm?«

»Ich liebe dich auch.«

Und er wusste, er war genug.

KAPITEL 16

Opa Albert

Roya war schon den kompletten Tag seltsam. Auf eine gute Weise, aber seltsam. Albert war sich sicher, es lag weder an Heiligabend noch an den Vorbereitungen dazu. Auch nicht an dem Whisky, den sie heruntergekippt hatte, als wäre es Wasser.

Nicht, dass sie trinken würde, um ihre Seltsamkeit auf die Reihe zu bekommen. Nein. Sie hatte das kürzeste Streichholz gezogen und war, der familiären Tradition folgend, dieses Jahr zu Santa Claus aufgestiegen. Dem Schottischen.

Der schleppt am Tag vor dem britischen Weihnachten, somit am 24. Dezember, dem Heiligabend, die Geschenke an und drapiert sie unter dem Baum im Wohnzimmer. Dafür bekommt Santa, hübsch angerichtet auf dem kleinen Tisch auf dem Flur, einen Teller Shortbread und ein *dram* Whisky, ein Schlückchen. Neben Santas Gedeck steht eine Schale Milch und auf einem Holzteller eine Möhre. Für Rudolph, das Rentier.

Auch so eine seltsame Sache.

Opa Albert rieb sich das Kinn. »Du hast nicht gehustet.«

Roya drehte sich zu ihm um. »Hmm?«

Sie war so unaufmerksam, bekam nicht mit, wenn jemand mit ihr sprach. Als hätte sie unter der Haube aus Haar diese weißen Dinger im Ohr, aus denen die Musik sich so blechern anhörte. Doch soweit er das sehen konnte, hörte sie keine Musik. Zumindest nicht aus Kopfhörern. Das Gedudel aus den oberen Stockwerken, bei dem sich die anderen fürs Fest vorbereiteten, hatten sie erfolgreich aus der Küche ausgesperrt. Aber so wie Roya den Kopf neigte und mit dem Körper wippte, während sie Gemüse putzte, spielte scheinbar eine Melodie in ihren Gedanken.

»Na, als du den Whisky gekippt hast.« Er zog die Augenbrauen hoch, denn sie schmunzelte nur.

Seltsam war kein Ausdruck mehr für ihr Verhalten. Albert runzelte die Stirn, zermarterte sich das Hirn, was mit ihr los sein könnte.

Normalerweise hätte Roya sich zu ihm umgedreht und lang und breit erklärt, dass sie alt genug war, um Alkohol zu trinken. Würde ihn daran erinnern, dass sie schon in den Genuss von Whisky gekommen und er der Erste war, der sie hatte probieren lassen. Würde die Hände in die Hüften stemmen und ihm einen Vortrag halten, auch zur Hälfte schottisch zu sein und Whisky, rein genetisch, ein Teil von ihr war.

Wie gesagt, normalerweise.

So stand sie an die Arbeitsplatte gelehnt, eine Bohne vergessen in der Hand, den Blick nach innen gekehrt. So ein eigentümliches kleines Lächeln umspielte ihre Lippen. Wäre das nicht gewesen, wäre Albert, zumindest gedanklich, zur Pension hinübergestapft und hätte Jackson in dem meterhohen Schnee den Kopf gewaschen.

So hingegen konnte er ihn kaum dafür verantwortlich machen.

Oder doch?

Albert richtete sich in seinem Stuhl auf, legte die Kartoffel nur halb geschält zurück in die Schüssel auf dem Tisch.

»Was ist mit dir?«

Wieder erhielt er nur ein Geräusch zur Antwort.

»Roya!«

Auf ihren Namen reagierte sie immerhin und drehte sich zu ihm. »Ja, Opi?«

»Was ist mit dir los?«

»Nichts, alles gut.«

Nichts war gut. Ihre Wangen verfärbten sich und das passierte sonst nur, wenn Jack in ihrer Nähe war. Oder jemand seinen Namen erwähnte.

»Setz dich.«

Erstaunt riss sie die Augen auf. Kam zum Tisch und starrte ihn widerspenstig an. Sie hielt seinem Blick eine Minute hartnäckig stand, bis sie letztlich auf einen Stuhl plumpste, die Arme auf der Tischplatte verschränkte und ihr Gesicht darauf ablegte. Als sie zu ihm hochsah, erinnerte sie Albert wieder an das kleine Mädchen, das sie nicht mehr war. Im Grunde noch nie gewesen war. Bereits als Kind hatte sie eine Ernsthaftigkeit an sich gehabt, die sie älter erscheinen ließ.

»Jetzt sag doch endlich.« Nur äußerst selten wurde Opa Albert ungeduldig.

Sie lächelte ihn an, ihre Augen bekamen diesen einen bestimmten Glanz. »Jack liebt mich.«

Albert seufzte laut, erleichtert ließ er sich gegen die Stuhllehne fallen. »Hat er es dir endlich gesagt.«

Ruckartig setzte Roya sich auf, die Augen zu Schlitzen zusammengepresst. »Opa?«

»Was?« Hatte er etwas Falsches gesagt?

Unter ihrem Blick wurde ihm furchtbar warm, so als hätte er etwas vergessen. Etwas Wichtiges. Eine überfällige Rechnung, dessen Absender ihm auf dem Weg ins Dorf begegnete oder neben ihm in der Kneipe saß.

»Was meinst du damit?«

»Womit?« Langsam dämmerte es ihm, aber Zeitschinden schien ihm eine kluge Sache zu sein.

»Endlich?« Ihre Augen waren kugelrund und erinnerten ihn an die silbernen Weihnachtskugeln, die sie am Morgen zwischen Santas und Rudolphs Gedeck gelegt hatte.

Schweigen brachte ihm nur einen weiteren verärgerten Blick ein. Er sah zur Küchentür, in der Hoffnung, dass jemand hereinstürmen und dieses unangenehme Gespräch unterbrechen würde. Doch wenn man seine Familie brauchte, um zu stören, war naturgemäß niemand zur Stelle.

Kapitulierend hob er die Hände und ließ sie auf den Tisch fallen. »Ich hatte da so eine Vermutung.«

»Eine Vermutung?«

Die roten Punkte auf ihren Wangen verstärkten sich. Das hatte er ja noch nie erlebt! Aus Mangel an Erklärungswillen sprach er sie darauf an.

»Du bist ganz rot, das irritiert mich.«

»Mich irritiert, Opa, dass du eine Vermutung hattest und mir nichts davon gesagt hast.«

Sie sagte sonst nie Opa zu ihm, und nun schon zum zweiten Mal.

»Ich spekuliere nicht.« Um seinen Standpunkt zu unterstreichen, verschränkte Albert die Arme und beugte sich vor.

Roya schob ihre weit über die Tischplatte und legte ihre Hände auf seine. »Erzähl es mir.«

Dabei wölbte sie die Lippen vor, wie immer, wenn sie ihm seine Waldmeisterbonbons abschwatzte. Wie sollte er da standhaft bleiben?

»Na schön«, schnaubte er. »Der Junge hat dich immer so angesehen.«

»Wie angesehen?«

»Na so, wie verliebte Trottel das nun mal machen.«

»Verliebte Trottel.« Roya seufzte und legte den Kopf schräg.

Ach, du meine Güte. Jetzt hatte es sie ohne Frage gleich doppelt erwischt.

»Weiter«, forderte sie, aber Albert zuckte nur die Schultern.

Sollte er ihr etwa erzählen, dass Jackson immer ein Auge auf ihr ruhen ließ, selbst, wenn er ein anderes Mädchen im Arm gehalten hatte? Dass er unsägliche Ängste durchlebt hatte, der Junge könne sich beim Rasenmähen verletzen, weil er mit den Augen an ihr klebte wie eine Fliege an einem Stück Butter? Dass Jack ihm gegenüber irgendwann aufgab, so zu tun, als käme er, um Kyle zu treffen? Dass der Junge Blumen abriss und so tat, als wären sie abgebrochen, damit Roya nicht merkte, dass er sie extra für sie gepflückt hatte. Dieselben Blumen, die sich in gepresstem Zustand in Bilderrahmen im ganzen Haus wiederfanden, worüber sich der Kerl mehr freute als über die Friesentörtchen, die Shonda so gern machte.

Würde das irgendetwas ändern?

»Ich rede nicht.«

»Opa«, quengelte sie.

Albert schüttelte nur grinsend den Kopf. »Soll er den Quatsch, den er veranstaltet hat, dir doch selbst erzählen.«

Ihr Lächeln ähnelte einem Sonnenaufgang.

»Du hast recht.« Roya stand auf, tänzelte um den Tisch herum und drückte ihn, bevor sie sich wieder an die Arbeit mit den Bohnen machte. Dabei summte sie leise vor sich hin.

Es war schön, sie glücklich zu sehen. Von erwiderter Liebe erstrahlt.

Alberts Blick wanderte langsam von seiner Enkelin aus dem Fenster. Vor lauter Schnee konnte er zwar Riekes Haus nicht mehr ausmachen, aber er wusste, dass sie da war. Zwar beruhigte es ihn, dass sie nicht verletzt in einer Hecke hing, aber er war auch stinkwütend.

Sie hatte ihn in Schrecken versetzt mit ihrem seltsamen Verhalten. Der Veränderung ihrer Routine, der anderen Frisur, diesem langen Fortbleiben. Mit Sicherheit war das eine weibliche List, um ihn aus der Reserve zu locken. Doch da hatte sie sich geschnitten! *Ich werde ihr später die kalte Schulter zeigen*, zumindest redete er sich ein, dass er das wollte.

Rieke hatte Shondas Einladung zum gemeinsamen Weihnachtsessen angenommen und war gewiss soeben dabei, mit Lockenwicklern im Haar das Dessert vorzubereiten, das sie unbedingt dem Essen beisteuern wollte.

Gegen seinen Willen musste er zugeben, ihm gefiel das.

Nicht die Lockenwickler. Auch nicht, dass sie sich in Schale schmeißen und den Nachtisch mitbringen würde. Sondern, dass Rieke mit ihnen Heiligabend verbringen würde. Bei ihm wäre.

Ja, er musste zugeben, *das* gefiel ihm besonders gut.

KAPITEL 17

Opa Albert

Stunden später fand er das nicht mehr genauso prickelnd. Sein Herzschrittmacher schien überfordert und erledigte seine Arbeit, seinem Herzen ab und zu einen Schubs zu geben, etwas zu übereifrig. Es jagte jedes Mal im wilden Galopp davon, wenn Rieke ihn anlächelte.

Dabei war sie kaum fünf Minuten im Haus.

Grummelnd trank er in einem Zug das Schlückchen Whisky, das Shonda auf den Tisch abstellte. Und da Shonda es mit dem Schlückchen ziemlich gut gemeint hatte, war das Glas halb voll.

»Das war meiner«, bemerkte sie leise kichernd und warf Lea einen dieser Blicke zu, die ihn gleich noch mehr aufregten.

Er sah hinaus in das Schneegestöber. Die Flocken tanzten in einem Wirbel durcheinander, drauf und dran, das Stimmengewirr im Haus zu synchronisieren.

Selbst Hannes redete übermäßig viel. Fast so, als hätte er sich all seine Worte über das Jahr aufgespart, um sie an diesem Abend loszuwerden. Oder er hatte auf Rieke gewartet, die die richtigen Fragen zu stellen schien. Ohne das Geplauder der beiden hätte Albert nie erfahren, wie amüsant die Arbeit seines Ältesten im Rathaus sein konnte.

Weniger amüsant dagegen war Hennings Geschimpfe, der verschrammt und übellaunig in die Küche gestolpert kam. In voller Lea-Shonda-Manier übertönte er alle anderen, um über die Schneemassen und die schlechte Beleuchtung auf dem Weg zu klagen – die Zutaten, die ihn vom Fahrrad befördert hatten.

Während Shonda auf der Suche nach Jod und Pflaster über den Flur irrte, klingelte es erneut an der Tür. Albert vernahm einen zittrigen Atemzug von der Seite. Roya war vom Herd so hastig zur Küchentür geschnellt, dass der Mistelzweig, der von der Decke baumelte, gefährlich hin- und herschwang.

Albert hatte nie verstanden, warum man dieses Grünzeug braucht, um einem Mädchen einen Kuss zu stehlen.

Jackson anscheinend auch nicht, nach Royas Gesichtsentgleisung zu schließen, die sie zu verbergen versuchte, als sie sich wieder der Soße und dem Kartoffelbrei auf dem Herd widmete.

Doch es war nicht Jackson, der in die Küche kam, sondern seine Tante. Für Karins Verhältnisse begrüßte sie alle übermäßig freundlich und bedankte sich brav für die Einladung. Albert wunderte sich, wer die ausgesprochen hatte. Karin gehörte nicht zu den Personen, die man leichter ertragen konnte, nur weil Weihnachten war.

Rieke bemühte sich und forderte sie auf, neben ihr an dem ausgezogenen Tisch, den Lea festlich gedeckt hatte, Platz zu nehmen.

»Schön, dass du da bist, Karin, wann kommt Jackson?«, stellte sie sofort die Frage des Abends.

»Der ist drüben, in *seinem* Haus«, gab Karin schnippisch zurück. »Somit sind diese nervigen Leute seine Gäste. Also kann er sich auch um sie kümmern.«

Ihr Grinsen erinnerte Albert an den Grinch.

Bei dem Lärmpegel in der Küche wäre es nicht verwunderlich gewesen, wenn niemand den Worten die gebührende Aufmerksamkeit geschenkt hätte. Doch Roya hatte sie gehört. Alle verstummten, selbst die Abzugshaube schien den Atem anzuhalten, als Royas sanfte Stimme die Küche zu Eis gefrieren ließ.

»Du bist die herzloseste Person, die ich kenne.«

Wie ein Gummiband schnellte Karins Mund in die verbitterte Ausgangsposition zurück.

»Wie kannst du Jack nur so behandeln? Ihm ständig wehtun?« Selbst in Royas leisem Ton gestellt, hallte die Frage mit einem stechenden Echo durch die Küche.

»So kannst du nicht mit mir reden!«

»Mach ich aber.«

Bis zum Haaransatz zogen alle Anwesenden die Augenbrauen hoch. Stillschweigend beobachteten sie Roya, wie sie einige Schritte auf den Tisch zuging. Den Blick fest auf Karin geheftet, schnitten ihre Worte in all ihre Herzen.

»Du hast ihm nie ein Zuhause gegeben, ihn immer nur geduldet.« Roya sprach weiterhin gelassen. Das leichte Beben in ihrer Stimme nahm vermutlich nur Albert wahr.

»Er ist nicht mein Kind!« Die Worte unterstrich Karin mit einem Zucken des Kinns und einem überheblichen Schließen der Augen.

Bei dieser Erklärung sogen sechs Personen gleichzeitig den Atem ein, alle Augenpaare schnellten zu Karin. Niemand bewegte sich oder sagte etwas.

»Das stimmt. Aber da seine Mutter mit den Worten abgehauen ist, dass sie ihn nicht will, und sein Vater ihn bei dir abgestellt hat, bist du seine Familie.«

Eine frostige Stille legte sich bei Royas geflüsterten Worten über den Raum. Karin verzog den Mund, als sie die bittere Pille der Wahrheit schluckte. Betreten sah sie auf ihre Hände.

»Mit deiner Ignoranz hast du ihn für Dinge bestraft, für die er nichts kann.«

Karin riss betroffen den Kopf hoch, als wäre ein jahrhundertealtes Geheimnis gelüftet worden. Mit offenen Mund starrte sie Roya an, der sämtliche Farbe aus dem Gesicht gewichen war.

Albert vermutete, dass seine Enkelin kurz davor war, sich für ihre Worte zu entschuldigen, doch die waren seit Jahren überfällig. Er räusperte sich leise, verband seinen Blick mit Royas und nickte ihr bestätigend zu.

Sie reckte das Kinn, atmete einmal schnell ein. »Okay. Ich bin fertig.«

Dann wirbelte sie herum, schnappte sich kurzerhand den Topf mit Kartoffelbrei vom Herd und marschierte aus der Küche.

Albert hätte vor Stolz fast geklatscht, stattdessen sah er zu Rieke, die ihn anlächelte, dass ihm ganz leicht im Bauch wurde.

Im Aufstehen griff sie nach der Schüssel mit der Vorspeise und gab sie kommentarlos an Karin weiter, die wie gemartert zusammengekrümmt dasaß.

Eine Herde schottischer Hochlandrinder hätte nicht lauter sein können, als alle aufstanden und zum Herd galoppierten. Gläser klirrten, Geschirr schepperte und Leas unzählige Armreife rasselten dazu. Shonda ermahnte die Familie, nichts von dem Essen zu vergessen, und eilte aus dem Zimmer. Hannes verteilte Namen rufend die Mäntel. Lea griff den Topf mit Soße und klemmte sich die Flasche Whisky unter den Arm. Ihr Vater zog einen der Bräter aus dem Ofen und stapfte aus der Küche, Shonda nahm sich den zweiten mit dem Gemüse. Nachdem Henning sich Riekes Dessert und den Wein geschnappt hatte, blies Albert die Kerzen auf dem Adventskranz aus.

»Die Kleine hat sie wie eine Lawine überrollt. Ich bin so stolz auf sie, ich kann gar nicht erwarten, ihr das zu sagen.«

Er kam durch die Küche auf Rieke zu, die an der Tür auf ihn wartete. Es kam ihm vor, als würde sie etwas *erwarten*. Von ihm. Ihre glänzenden Augen ruhten eindringlich auf ihm und beobachten jede seiner Bewegungen. Er fokussierte automatisch ihren Augen. Ihr Blick wanderte nach oben an die Decke.

Alberts Herz stolperte gegen seine Rippen.

»Du weißt, was das bedeutet, Albert.« Rieke stand mit ihrem kessen Lächeln unter diesem verdammten Mistelzweig, forderte einen Kuss.

»Nur weil da dieses Gemüse hängt, heißt das nicht, dass ich dich küssen werde.«

Sie sah ihn unverwandt an. Seine Worte waren erfolglos an ihr abgeprallt.

»Ich werde nicht in wilder Ehe mit dir leben, wie die jungen Leute das machen. Das kannst du dir abschminken«, blaffte er sie an.

Riekes Mundwinkel zuckten.

»Und ich werde hier nicht ausziehen, das ist mein Haus und einen alten Baum verpflanzt man nicht.«

»Das werden wir ja sehen.«

Sie rückte so nah an ihn heran, er hätte die feinen Silberfäden in ihrem weizenblonden Haar zählen können. Doch er erinnerte sich nicht mehr, wie man das machte, so benommen machte ihn ihre Nähe.

»Ich glaube, du hast das geplant«, grummelte er und sah beleidigt zurück in die Küche.

»Wenn du fertig bist mit dem Gebrumm, können wir es endlich hinter uns bringen, damit wir rüber gehen können.«

Das war ja wohl die Höhe! Sie tat ja so, als wäre ein Kuss von ihm ein unaussprechliches Übel. Bevor sie noch so eine Unverschämtheit von sich geben konnte, hatte Albert sie gepackt. In alter Hollywood-Manier schlang er die Arme um sie und verschloss ihr freches Mundwerk mit seinem.

KAPITEL 18

Roya

Roya stand auf der Türschwelle zum kleinen Wohnzimmer der Pension. Sie beobachtete Jackson dabei, wie er in einer Zimmerecke Geschenke unter dem Baum anrichtete.

Das Zimmer wirkte größer als zuvor. Er hatte das Sofa unter das Fenster geschoben, auf dessen ursprünglichem Platz einen Tisch aufgestellt. Eine mit Goldfäden durchwirkte Tischdecke lag darauf und schimmerte in sattem Rot. Eine große, goldene Schüssel mit Kartoffelsalat stand bereit. Der Tisch war für vier gedeckt, für Familie Saubig. Auf den Tellern der Kinder saß jeweils ein Plüsch-Rudolph, auf denen ihrer Eltern lag ein Bund aus Kiefernzweigen und Stechpalmen.

Das Gesicht konzentriert verzogen, schob Jackson die Geschenke unter dem Baum so lange hin und her, bis ihm die Anordnung gefiel. Nach getaner Arbeit strich er sich das Haar aus der Stirn, lächelte ein wenig zittrig. Und wie er so da kniete, vor dem erleuchteten Weihnachtsbaum, wirkte er wieder wie der kleine, verlassene Junge, der er gewesen war.

Royas Herz krampfte sich zusammen. Dass Jackson beinahe allein Heiligabend gefeiert hätte, schnürte ihr die Kehle zu.

Er schien sie zu spüren, er könnte aber auch dieses dumpfe Geräusch aus ihrer Kehle gehört haben. In einer einzigen geschmeidigen Bewegung drehte Jackson ihr das Gesicht zu und stand dabei auf. Roya nahm nur seine lächelnden Augen wahr. Nur ein paar Zentimeter vor ihr blieb er stehen.

»Was macht du denn hier?« Seine Stimme schmirgelte rau ihre Wirbelsäule hinauf. »Ich habe dir geschrieben, dass Karin mich hier abgestellt hat.« Sein Ton war beiläufig, doch ihr tat bei der Bedeutung der Worte das Herz weh.

»Ich habe Kartoffelbrei.«

Amüsiert zuckten Jacksons Augenbraue und Mundwinkel bei ihrer ernst vorgetragenen Erklärung.

Roya kam sich dumm vor, die Hitze in ihren Wangen explodierte. Vielleicht wollte er sie überhaupt nicht hier haben. Womöglich war es ihm recht, allein zu sein. Damit er seinem eigenen Ritual nachhängen konnte: den Abschiedsbrief seiner Mutter lesen, in dem sie ihm und seinem Vater mitteilte, dass ihr beide nichts bedeuteten.

Erkenntnis huschte über sein Gesicht, sammelte sich glänzend in seinen Augen.

»Himmel, du bist so ...« Er unterbrach sich selbst, krallte seine Finger in den Kragen ihres Rollis und erstickte ihre Zweifel und weitere Erklärungen mit einem leidenschaftlichen Kuss.

Royas Herz hämmerte so wild in ihrem Hals, heftig wie der sturmgepeitschte Tanz der Schneeflocken vor dem Fenster. Ähnlich den bekloppten Glühwürmchen in ihrem Bauch, als er seine Hand unter ihr Haar schob. Die andere lag auf ihrem Rücken, um sie enger an sich zu ziehen. Eingeklemmt zwischen ihnen: der Topf mit Kartoffelbrei, den Roya bei dem Erdbeben, das ihren Körper erschütterte, glatt vergessen hatte.

Bei einem Räuspern stoben die zwei auseinander. Royas schneller Atem stand Jacksons in nichts nach. Er packte den Topf gerade noch, bevor er auf den Boden klatschen konnte.

Hannes drückte sich ins Wohnzimmer. Dabei nickte er Jackson mit einem zustimmenden Lächeln zu und strich seiner Tochter über den Arm. Henning folgte und klopfte Jackson auf die Schulter, ein gemurmeltes »Schön, schön« auf den Lippen.

Danach rollten die anderen heran wie eine Straßenwalze durch ein zart bewachsenes Wäldchen. Mähten die besinnliche Stimmung durcheinanderrufend dahin. Verschoben den Tisch, stellten Töpfe und Schalen ab. Stühle wurden herangeschafft, eine CD mit den besten Weihnachtssongs des 21. Jahrhunderts in die Stereoanlage eingelegt.

»Sollen wir nicht besser alles ins Frühstückszimmer schaffen, das ist größer?«

Jacksons Frage ging im Tumult unter, als Karin mit Hannes' Hilfe einen Tisch aus besagtem Zimmer anschleppte. Ein schriller Klingelton verschaffte sich Gehör. Kurz darauf dröhnte Hannes' Stimme durch den Raum, als er seiner Frau zurief: »Es ist Kyle!«

Shonda beäugte gerade skeptisch den Weihnachtsbaum und stockte dann die Geschenke darunter mit denen der Petersens auf.

»Hast du mich gehört, Shonda?«

»Aye, wo ist er?«

»In Leas Wohnung.«

Shonda riss beinahe den Baum um, als sie sich zu Lea umdrehte, die den Whisky auf den Tisch stellte und im Begriff war, aus dem Zimmer zu laufen.

»I didn't know he had a key!«

Ihre Tochter hörte den vorwurfsvollen Ton und drehte sich im Gehen zu ihrer Mutter um. »Den hab ich ihn irgendwann mal gegeben.«

»Why hat er one and we nicht?"

»Weil er ihn braucht, wenn er in Hamburg ist.« Lea sprintete aus dem Zimmer, dabei hätte sie beinahe Jackson umgerannt, der in diesem Moment den Kartoffelbrei zum Tisch trug.

Einen Augenblick stand Shonda der Mund offen. »This is ...«

Dann drehte sie sich missmutig zu Hannes um, der gutmütig grinste, während er seinem Sohn am Telefon zuhörte. »Was sagt er?«

»Willst du?« Hannes hielt ihr auffordernd das Telefon hin, doch seine Frau schüttelte den Kopf.

»Ich muss das hier noch eben fertig machen!«, und bückte sich wieder unter den Baum.

»Was sagt er?«, fragte sie erneut.

Von da an musste Hannes ihr eins zu eins das Gespräch mit Kyle wiedergeben, während Shonda jede Neuigkeit kommentierte und immer wieder wissen wollte, wann ihr Sohn denn nun nach Hause kommen würde.

»Er weiß es nicht.« Hannes seufzte tief, als würde ihn die Aufgabe als Sprachrohr überaus anstrengen.

※

In der Zwischenzeit brachte Lea Getränke und eine Packung Eis in die Küche. Roya folgte ihr und half, weiteres Geschirr ins Zimmer zu tragen und Gläser aufzustellen. Von irgendwoher holte Karin eine zweite bordeauxrote Tischdecke. Shonda zog sie glatt und warf Kiefernzweige und ein paar Weihnachtskugeln nachlässig darauf, die sie vom Baum gezupft hatte.

In knapp acht Minuten war die Tafel doppelt so groß, festlich eingedeckt und für den Festschmaus bereit, als wäre es nie anders gewesen.

»Ich hole die Gäste.« Lea rief die Namen der Kinder, die freudig schreiend die Treppe heruntergepoltert kamen und sich Lea in die Arme warfen. Ihre Eltern folgten in gemächlicherem Tempo.

Den Topf mit Würstchen stellte Jackson zwischen die Teller der Kinder. Sein halbes Lächeln verriet nicht, wie aufgewühlt er war. Roya war sich sicher, er kämpfte mit Erinnerungen. Daran, wie einsam er an diesem Tag oft gewesen war, wenn er nicht drüben bei ihnen gefeiert hatte.

Sie suchte seinen Blick und trat zu ihm. Ohne sich um die anderen zu scheren, schlang sie beide Arme um seine Mitte und zog ihn nah zu sich heran. Sie versank in seiner Umarmung und presste ihre Nase an seinen Hals. Das aufgeregte Schnattern ihrer Mutter und Schwester, das sich daraufhin im Zimmer erhob, unterbrach Albert, als er den Raum betrat:

»Rieke heiratet mich.«

Die Stille dauerte einen Wimpernschlag, bevor alle Blicke zu Albert flogen, gefolgt von lautem Aufkreischen.

»Ich hab's gewusst!«, behauptete Shonda.

»Mum, hab ich's dir nicht gesagt?«, übertönte sie Lea.

Albert grinste frech und zwinkerte Roya auf seinem Weg zum Tisch zu, galant richtete er seiner Zukünftigen den Stuhl. Eine Geste, die Erstaunen weckte, aber ebenso gerne angenommen wurde.

Seine Söhne, Shonda und Lea redeten alle auf einmal auf ihn und Rieke ein, begleitet von Glückwünschen der Familie Saubig.

Roya umarmte ihren Opa und Rieke, Jackson goss ihnen ein Glas Sekt ein. Es wurde auf die beiden und die Liebe angestoßen, Toasts ausgerufen, Pläne geschmiedet.

»So, jetzt reicht's.« Opa Albert hatte genug und deutete auf Mia und Ben. »Sonst schaffen die Kinder nicht, den Berg Geschenke zu öffnen, wenn sie nichts zu essen bekommen.«

»Schaffen wir trotzdem!«, riefen die beiden voll Überzeugung in den Stimmen.

Essen wurde auf Teller gehäuft. Unterhaltungen kreuz und quer über den Tisch gerufen, oftmals mit vollen Mündern und erhobenen Gläsern. Roya überlegte, ob die Saubigs sich von diesem Gewusel je erholen würden, und versuchte etwas Ruhe an ihr Ende des Tischs zu bringen.

In stiller Bewunderung ruhten Jacksons Augen auf ihr. Ihre Hand war von seiner umschlossen. Gedankenverloren führte er sie an seine Lippen und drückte einen Kuss auf die Innenseite ihres Handgelenks. Ihr zittriges Einatmen zauberte ein weiteres Lächeln in seine Augen.

»Guten Abend«, übertönte eine Stimme den Krach und die Stille.

»Hey, Flo!«, rief Jackson und rückte vom Tisch ab.

»So schön, dass Sie kommen konnten.« Roya eilte auf ihre Chefin zu und nahm ihr die vollgestopfte Tasche ab.

»Die hat der Weihnachtsmann unterwegs hierher verloren«, murmelte Jackson mit einem Seitenblick auf die Saubig-Kinder und drapierte die Geschenke aus der Tasche zu den anderen unter den Baum.

»Das ist meine Chefin Florentine Hansen«, erklärte Roya der Familie Saubig. Zu ihr gewandt, fragte sie: »Sie bleiben doch zum Essen, ja?«

»Aber ich wollte nur ...«

»Das ist überhaupt kein Problem!«, rief Hannes und während der kurzen Überredungsrunde rückten die Anwesenden noch ein Stückchen mehr zusammen.

»Roya, das ist ... Danke.«

»Gerne, Frau Hansen.«

»Ich denke, jetzt wird es Zeit, dass du mich auch duzt.« Damit drückte Florentine Royas Arm und setzte sich neben Lea, die Roya mit einem Grinsen zuzwinkerte.

»Schön, dass du gekommen bist, Flo.«

»Deine Schwester hat mich hierher gelotst, nicht du, Lea.«

»Hauptsache, du bist jetzt hier.« Lea lächelte und füllte Flos Teller.

Es wurde ausgiebig geschlemmt, getrunken und erzählt. Die Kinder schielten zwar immer wieder zu dem Berg Geschenke unter dem Baum, quengelten aber nicht zu sehr. Als es so weit war, japsten sie vor Freude auf. Ihre Eltern knieten sich mit auf den Teppich und reichten ihnen die Geschenke. Vor Ungeduld fast platzend, rissen sie die Papiere herunter, mit erhitzten Gesichtern und glänzenden Augen.

Lea sang leise die deutsche und Shonda die englische Version von *Stille Nacht, heilige Nacht*.

»Möchtest du dein Geschenk jetzt oder später?«, fragte Jackson dicht an Royas Ohr. Ein Schauer rieselte durch ihren Körper, der sie völlig aus dem Konzept brachte.

»Oh, ich weiß nicht ... ich«, sie ließ den Blick zum Baum schweifen, dann zu ihrem Weinglas, das sie mit den Fingern drehte. »Vielleicht später ...?«

Jacksons Augen funkelten und er räusperte sich. Er schlang den Arm um ihre Schulter, zog sie an seine Brust, um sein Gesicht in ihrem Haar zu vergraben. Leise lachte er in ihren Nacken. »Ich freue mich auf später.«

Ein weiterer Schauer durchfuhr Roya, Glühwürmchen stoben rasant in alle Richtungen durch ihren Körper, dass sie glaubte, ihr Haar würde sich durch die elektrische Spannung Richtung Decke bewegen. Verlegen wegen der Doppeldeutigkeit sprang Roya auf, sie wusste sich nicht anders zu helfen. Dass sie nach jahrelanger heimlicher und unerwidert geglaubter Liebe plötzlich so mit ihm reden sollte, überforderte sie. Einen Moment stand sie unschlüssig da, bevor sie Hannes und Karin half, das Dessert in Schüsseln zu verteilen.

Vanilleeis mit Schokoladensoße für die Kinder, auf der Karin bunte Zuckersterne verteilte.

»Lasst es euch schmecken!« Karin lachte verhalten, die beiden machten sich darüber her, als hätten sie seit Stunden nichts gegessen. »Das hast du auch immer so gemacht«, fügte sie an Jackson gewandt hinzu.

Es waren die ersten Worte, die sie direkt an ihn richtete. Die ersten, die nicht allgemein oder zu den Saubigs gesprochen waren. Royas Herz kippte zur Seite, als Jackson verblüfft zu seiner Tante hochsah. Sein zusammengepresster Mund verzog sich langsam zu einem schrägen Lächeln. Er nickte, tat so, als könne er sich auch daran erinnern, sagte aber nichts. Ein Schatten huschte über seine Züge, dann widmete er sich mit übermäßiger Aufmerksamkeit seinem eigenen Dessert.

Aufmunternd legte Roya ihm die Hand auf den Oberschenkel. Kaum blickte er sie an, zog sie sie zurück, doch er griff ihre Finger. Lächelte sie an. Hauchte einen Kuss auf die Fingerknöchel.

»Rieke, was ist das?« Lea breitete die Arme aus, umarmte die Schüssel mit dem Nachtisch. »Das ist der Wahnsinn, knallt voll rein!«

»Ich liebe Kirschen«, seufzte Roya.

»Und ich erst.« Jackson warf ihr einen vielsagenden Blick zu, der ihr gleich wieder die Hitze in die Wangen presste.

Frau Saubig wollte es genau wissen. »Wie heißt das Dessert?«

»Passend zum Wetter: Schneegestöber. Das kenne ich von meiner Mutter.« Rieke lächelte und unterhielt sich quer über den Tisch mit der Frau, die bereits ihre zweite Portion in sich hineinlöffelte.

Auch die anderen nahmen sich eine weitere oder gar eine dritte Portion. Die Stimmung wurde weicher und ausgelassener. Die Wirkung des Alkohols trug ihr Übriges dazu bei.

»Nenn mich Susanne«, hickste Frau Saubig zu niemand Bestimmtem, tätschelte dabei aber Karins Hand.

Lea legte schmunzelnd den Arm um Flo und küsste sie aufs Haar. Das Gleiche tat Hannes bei Shonda. Henning verwickelte Martin, Herrn Saubig, in ein Gespräch über die richtige Pflege der inseltypischen Kiefer.

»Lass uns tanzen«, schlug Rieke vor und zerrte den verdutzen Albert, der nur vorgab, sich zu wehren, vor den Kamin.

Kommentare dazu eskalierten, Musik wurde lauter gedreht, die Kinder spielten übermütig mit ihrer neuen ferngesteuerten Autos, die durch das Zimmer rasten und ständig gegen die Wände rammten. Frau Saubig, die dem Nachtisch übermäßig zugetan war, setzte sich erneut zu ihnen auf den Boden. Flo redete mit

Karin. Worüber, konnte nur spekuliert werden, denn Shonda jammerte lautstark, dass Kyle nicht da war. Lea übertönte sie alle mit ihren gekonnten Interpretationen der Weihnachtsklassiker, zu denen Rieke und Albert weiterhin tanzten.

❄

Roya und Jackson saßen eng umschlungen auf dem Sofa und beobachteten das gemütliche Zusammensein. Auf ihren Gesichtern tanzte das Licht des Kaminfeuers.

»Danke.« Jackson wartete, bis Roya zu ihm hochsah, dann strich er ihr mit dem Daumen über das Kinn.

»Wenn du morgen den Abwasch machst, wirst du mir nicht mehr danken, dass ich sie hergeschleppt habe.« Sie grinste und er nickte schmunzelnd.

»Tja, na ja, du könntest eine neue Tradition starten und das Geschirr mit rüber nehmen.«

»Das hättest du wohl gern«, sie knuffte ihn in den Arm, »dein Haus, dein Geschirr, dein Abwasch.«

Er lachte dunkel. »Weihnachten habe ich mich in dem Haus noch nie so gut gefühlt.« Seine Umarmung wurde fester. »So glücklich bin ich, mit dir an meiner Seite.«

Emotionen huschten über seine Züge. Sie erkannte Liebe, Freude und ein wenig Bedenken. Ein Anflug von Zweifel schimmerte in seinen Augen.

»Ich geh nicht weg«, flüsterte Roya, hob die Hand und strich über Jacksons Stirn, um die Schatten der Vergangenheit einfach fortzuwischen. Die Gedanken, die automatisch zu seinem verstorbenen Vater, zu seiner Mutter geflogen waren, wo auch immer sie sein mochte.

»Ich dachte du gehst mit mir weg.« Jackson fing ihre Hand ein. »Deinem Fernstudium kannst du von überall aus nachgehen.«

Obwohl es Royas Vorschlag gewesen war, ihn zu begleiten, schien ihm die Angst, sie würde es sich doch noch anders überlegen, aus den Augen. Dabei hatten sie schon die Details besprochen. Unter anderem könnte sie ihm bei seinen Fotosessions und auch auf den Reisen als Foto-Assistentin unter die Arme greifen.

»Ja, und außerdem hast du mir ein lukratives Angebot gemacht«, sie lächelte verschmitzt, »du hilfst mir bei meinen Hausaufgaben und sämtlichen Fragen bezüglich der Bildbearbeitung.«

Er küsste langsam jede einzelne ihrer Fingerspitzen. Sein Blick lag dabei schwer auf ihr, sagte mehr, als er mit dem Mund formen konnte.

Gut, ein Teil dieser Worte, die er ihr telepathisch zuzusenden schien, könnten ihrem verliebt-verknoteten Hirn entsprungen sein. Auf jeden Fall verdoppelten die Glühwürmchen ihre Anstrengungen und multiplizierten sich. In ihrem Bauch, im Gesicht. Überall.

Seufzend schloss Roya die Augen und presste die freie Hand gegen ihre glühende Wange. Um Leichtigkeit bemüht, schnaubte sie theatralisch.

»Jetzt hast du deinen persönlichen Kamin aus mir gemacht.«

Erleichtert hörte sie sein raues Lachen.

»Du bist so süß, ich würde dich am liebsten packen und in meine Tasche stecken.« Er küsste sie auf die Nase, dann grinste er frech auf sie herunter.

»Na ja«, kicherte sie, »es ist immer gut, ein Stück *Shortbread* dabei zu haben.«

Sein Lachen hallte in ihrer Brust nach. Vermischte sich mit ihrem. Verfing sich in Leas rauchigem Gesang. Der Musik, die im Hintergrund spielte. Warm wie das Feuer, das im Kamin knisterte. Die Kerzen auf dem Tisch und die Lichter im Baum flackerten bedächtig dazu.

Es hob ihr Herz an und wirbelte es herum. Wie der Wind den Schnee um das Haus, der ihn auf die Bäume fegte und ihn auf die Dünen legte.

Versteckt waren die Spitzen der Felsen. Zugeschneit die Schiffe und Boote im Hafen, die weich hin- und herwippten. Baarhoog, eingehüllt in einer weißen Decke, versank in glitzerndem Zauber.

Roya lehnte sich an Jackson. Während sie den anderen lauschten, sahen sie dem Flockentanz vor dem Fenster zu, der Gedanken von der Insel trug, zu denen, die fehlten.

REZEPTE SCHNEEGESTÖBER

Riekes Schneegestöber - BOWLE NUR FÜR ERWACHSENE!

1 Glas Sauerkirschen (Abtropfgewicht 350g), 1l Kirschsaft, 750ml Sekt, 150ml Wodka und 500ml Vanilleeis

Kirschen abgetropft in eine Schüssel geben, mit Wodka bedecken und über Nacht kaltstellen. Am nächsten Tag mit Kirschsaft auffüllen. Kurz vor dem Servieren den Sekt hinzugeben und das Vanilleeis vorsichtig darauf geben.

Alkoholfreie Version: den Wodka weglassen und statt Sekt mit Mineralwasser auffüllen.

Alternatives Schneegestöber Dessert

1 Glas Sauerkirschen (Abtropfgewicht 350g), 250 g Mascarpone, 400 g Schlagsahne, 200 g Amarettini

Die Kirschen abtropfen lassen, den Saft dabei auffangen. Eine Handvoll Amarettini für die Dekoration zur Seite legen, den Rest zerkleinern und mit dem Saft bedecken. Sahne aufschlagen und mit Mascarpone vermengen. Schichtweise nun die vollgesogenen Amarettini, die Kirschen und die Mascarpone-Sahne Creme in Dessertgläser verteilen und mit zerbröckelten Amarettini garnieren.

Content

Einsamkeit, Vernachlässigung (erwähnt), unerwiderte Liebe, Weihnachten, Familie

❄

Erklärungen

Baarhoog wurde aus den plattdeutschen Wörtern *Baar* (boar ausgesprochen) für Brandung und *hoog* für hochgestellt/vornehm zusammengesetzt.
Föhrbusken ist eine Wortkreation aus den plattdeutschen Wörtern *Föhr* für Kiefer und *Busken* für *Wäldchen*.
Snüti Bluchtwin wurde aus den friesischen Wörtern für frech und Windhauch zusammengebaut.
Buddelshipp ist das norddeutsche Wort für Buddelschiff, ein Modell eines Schiffs in einer Glasflasche.
Dram Whiskey ist eine britische Maßeinheit und entspricht gerundet, etwa 3,55 ml.

❄

Danke

Danke an meine Familie, ohne die dieses Buch nicht entstanden wäre.
Meinen Testleserinnen und den fleißigen Helfer*innen für ihr konstruktives Feedback und lieben Worte. Nicola, meiner Lieblingsschottin und April MacKay für ihre Kontakte und inspirierende Kreativität. Und natürlich allen Leser*innen, die mich und meinen Traum vom Schreiben unterstützen und dieses Buch lesen.

Printed in France by Amazon
Brétigny-sur-Orge, FR